眠る兎

木原音瀬

幻冬舎ルチル文庫

CONTENTS ✦目次✦ 眠る兎

眠る兎 …… 5
冬日 …… 163
春の嵐 …… 217
あとがき …… 253

✦カバーデザイン＝吉野知栄（CoCo.Design）
✦ブックデザイン＝まるか工房

イラスト・車折まゆ✦

眠る兎

きっかけは一通の手紙。冗談のつもりだったあの手紙。

二つの目覚まし時計、かつ最後にオーディオのタイマー再生でようやく目覚めた里見浩一《さとみこういち》は、パジャマ代わりのスウェットの上にパーカーを着て、冷たい廊下の上を裸足《はだし》のままヒタヒタと歩いた。キッチンから物音がして覗《のぞ》き込むと、珍しく母親の後ろ姿が見えた。

「あら、おはよ」

んーっ、と曖昧《あいまい》に返事をして、ダイニングテーブルの前に腰掛ける。横座りのまま石油ストーブのそばに足を近づけると、冷たさに縮こまっていた指先が、痺《しび》れるようにじわりと柔らかくなった。昨日からスリッパが行方不明になっている。もしかしたらベッドの下に蹴《け》り込んでいるのかもしれない。

いつもはラップをかけられている朝食が湯気を立てているのも、包丁の音も久しぶりだった。

「今日、休み?」

少し焦《こ》げ目のついたトーストを齧《かじ》りながら聞く。母親は「遅番」と返事をしながら、野菜を盛り合わせた小鉢をテーブルに置いた。看護師をしている母親は働く時間が不規則で、朝も顔を合わせることが殆《ほとん》どない。それでも朝食は必ず冷蔵庫の中に用意されていた。家族が一緒に食卓を囲めないことが小さい頃は寂しかったが、もう慣れた。今は一人のほうが気楽だった。父親も一昨年《おととし》から海外赴任している。母親も夜勤の夜となれば、どれだけ遅くまで起きてゲームをしていても咎《とが》められることはない。

「そういえば、あんた宛てに手紙が来てたわよ。居間の電話の横に置いてあるから」

浩一は首を傾《かし》げた。

「誰から？」

母親は「えーっ、誰からだったかしら……」と考え込む素振《そぶ》りを見せたあとで、湯の沸く音に慌《あわ》ててガスレンジの前へ戻った。

朝食を終え、着替えをしようと自分の部屋へ戻ろうとして、手紙のことを思い出した。電話の横に無造作《むぞうさ》に置かれていた茶封筒を手に取る。表には見覚えのないキッチリとした楷書《かいしょ》で「里見浩一様」と自分の名前が書かれてある。裏返したけれど、差出人の名前はない。何だか怪しい。塾への勧誘のダイレクトメールかなと思いつつ封を切る。出てきたのは白い便《びん》箋《せん》だった。

『前略失礼します。手紙をありがとうございました』

ここ数年、年賀状すらまともに書いたことのなかった浩一は一行目から首を傾げた。

『手紙を拝見して、誠実そうな人柄に好感を持ちました。もしよければ、一度会って話をしてもらえたらと思います』

ゴクリと生唾《なまつば》を飲み込む。手紙を握り締め、二階まで駆け上がった。自分の部屋に飛び込むとドアにしっかり鍵をかけ、震える指先で皺《しわ》になった手紙を大きく広げた。

『二月十五日、日曜日の午後二時、加瀬乃《かせの》駅前通りのハルカビル二階にある喫茶店『ルーエ』で待っています』

口許《くちもと》がじんわりと緩《ゆる》み、手のひらが汗ばむ。女の子から告白されたという奴の話は、中学高校で嫌というほど聞かされた。だけど浩一は高校二年の今の今まで、告白はおろか手紙の一つももらったことはなかった。

生まれて初めての「告白」。文字で示される好意を、お終《しま》いの行まで穴があくほど熱心に見つめ、最後の最後で我が目を疑った。

『伊藤《いとう》　誠《まこと》』

何度見ても伊藤誠。女の子の名前と思いこむには無理がある。もう一度手紙を最初から読み返した。

『誠実そうな人柄に好感を持ちました。……一度会って話をしてもらえたらと思います』

涙が出るほど嬉《うれ》しい言葉が書いてある。それなのに「伊藤誠」だ。

「冗談キツイよ……」

一気に天まで舞い上がった「男」としての自信が、一瞬で地の底へ落ちる。皺になった手紙を机に叩《たた》きつけ、浩一はベッドにドサリと腰掛けた。短く舌打ちしたあと、眉間《みけん》に皺を寄せたまま立ち上がり、部屋の隅にある小さな鏡を覗き込んだ。背は百八十センチあるし、顔も際立《きわだ》ってどこが悪いというわけでもないのに、自分は今ひとつ女の子へのウケがよくない。はっきり言って、もてない。

「里見君って見た目と違うよね。優柔不断だし、緊張感がないっていうか、一緒にいてもあまり面白くないし……」

女の子は男の心は鋼《はがね》でできていると勘違いしているらしい。あっさり告げられた心ない一言に、浩一はひどく傷ついた。その日の食事が手につかなくなるほど……。

思い出したコンプレックス。腹立たしさを通り越して、情けなくて浩一は机の上の手紙をくしゃくしゃに握り潰《つぶ》してゴミ箱に投げ捨てた。

「いつまでぐずぐずしてるの。早く準備しないと遅刻するわよ」

階下から聞こえる急《せ》かすような母親の声に、浩一は不機嫌な顔のままスウェットから制服に着替えた。朝から嫌なことばかりある、そう思った。

冬は日が落ちるのが早い。放課後、担任の野並《のなみ》に呼び出されてこってりと説教され、頭も飽和した状態で職員室を出ると、廊下の蛍光灯がついていた。鞄《かばん》を取りに戻った教室も真っ暗で、電気をつけないとどこに何があるのかわからなかった。コートを着ながら、静まり返った教室の真ん中で大きなため息をつく。

どうして数学なんてものがこの世に存在するのか、疑問に思っても仕方がないのはわかっているのに、考えずにはいられない。昔から数学とは徹底的に相性が悪かった。それでもお互い騙《だま》し騙《だま》しなんとか共存してきたのに、昨日の小テストで両者は完全に訣別《けつべつ》した。赤点をはるかに下回る頼りない点数に、担任は怒る前に頭を抱えた。

相性が悪い、それもあるけど、あの日はテスト勉強に集中できる状態じゃなかった。……例の手紙が来た日だ。

「里見君、まだいたんだ」

シンとした空気に響く声。振り返ると、入り口の向こうから同じクラスの遠藤《えんどう》みのりが顔だけ出してこちらを見ていた。

「こんな時間まで何してたの？」

曖昧に笑って誤魔化《ごまか》す。テストの点が悪くて職員室に呼びつけられていたなんて、恰好《かっこう》悪くて口が裂けても言えなかった。遠藤は軽い足取りで近づいてくると、頭一つ分ほど背の高い浩一を大きな瞳で見上げた。

肩を少し越えた黒い髪、チェックのブレザーの制服がよく似合う小さくて細い体。黒目がちの瞳は大きくて、じっと見ていると吸い込まれそうになる。クラスの中で「一番可愛い」と断言してもいいと浩一は密《ひそ》かに思っているが、男には今ひとつ人気がなかった。

飾り気がなくて性格もさっぱりしていて、面白そうだと思ったら、男ばかりが集まって話をしていても平気で輪の中に入ってきて、大口開けて笑う。そんな遠藤はクラスメイトの男の中で女の子というよりも同志と位置づけられていた。

可愛い顔に似合わず爬虫類《はちゅうるい》が大好きで、「うちのミーシャがすっごくお茶目なの」と嬉しそうにペットの話をしていたから、猫かと思って聞いていたら……イグアナだった。

「あの雑誌に送った手紙の返事、来たんでしょ」

喋《しゃべ》り回っているのは誰だ……一昨日《おととい》から何度も聞かれたその問いに、いささかうんざりしながら「来たよ」と答えた。

「ねえ、見せて」

期待に満ちた眼差《まなざ》しで、右手が差し出される。

「駄目」

「ちょっとぐらい見せてくれたっていいじゃない」

整えられた綺麗《きれい》な形の眉毛《まゆげ》がクッと中央に寄せられ、怒ったような顔になる。

「捨てた」

「えっ、嘘《うそ》。どうして」

「柿本《かきもと》と話をして決めたんだ。俺たちは興味本位だけど、相手は真剣なわけだろ。人の気持ちを弄《もてあそ》ぶのはよくないからさ」

「わかるけど……そんなすぐに捨てちゃうことないじゃない」

諦《あきら》めきれない瞳で見つめてくる。男からラブレターが来たのも、もとはと言えば遠藤のせいだった。自覚のない小悪魔に気づかれないよう、浩一は視線を逸《そ》らし小さく息をついた。

二か月前、ゲイ雑誌を学校に持ち込んできたのはクラスメイトの西岡《にしおか》だった。ちょうどテレビや新聞で同性愛を扱ったものが多く取り沙汰《ざた》されていた時期で、駅で拾ったというその本を面白半分、みんなで観賞した。

半ケツ見せた筋肉隆々《りゅうりゅう》の男がポーズを決める、健全な男子高校生には保健の教科書ほども役に立たないそれを見ていた時、男子生徒に混じって本を覗き込んでいたのが遠藤だった。

雑誌の中でも大爆笑だったのが、文通のページだった。「優しい兄貴募集」「俺の可愛い〇〇を思う存分愛撫《あいぶ》してくれる〇〇〇」など、あからさまで露骨な誘い文句がおかしくて、腹がよじれるほど笑った。

「ねえ、手紙を書いてみない」

言い出したのは遠藤で、みんながそれに乗って相手を探しはじめた。

「遠距離は駄目だな。近くじゃなきゃ続かないだろ、やっぱ」

「おい、同じ市内の奴がいるぜ。ホモってどこにでもいるんだなあ」

「でもそいつ、普通すぎて面白くねえよ」

【当方二十七歳のサラリーマン。年齢は二十五～三十歳迄《まで》の誠実で優しい人を望む。読書が趣味なので本の話ができると嬉しいです。〔津平市《つひら》〕伊藤】

とりあえず同じ市内の「伊藤」にターゲットを絞って、浩一はノートの切れ端に手紙を書いた。僕は二十二歳の大学生で、優しいお兄さんが欲しかったとか、大学では文学部で本を読むのが好きだとか、こんな僕でよかったら真剣にお付き合いしてほしいとか、周囲から言われるがまま、あることないこと書きなぐった。

その場のノリだけ、お遊びの手紙など捨ててしまうつもりだったのに、遠藤に「それ、ちょうだい」と言われ、思わず手渡してしまった。

「里見君の名前で出してもいい？」

いいよ、と答えてそのまま忘れていた。遠藤が本当に出してしまうとは、しかもそれに返事がくるなんて思いもしなかった。

「つまんない、つまんない、つまんない」

遠藤は唇を尖《とが》らせたまま体を揺すった。

「駄目なものは駄目」

拗《す》ねている素振りが可愛い。浩一はチラリと、自分より背の低い遠藤を見下ろした。

「そんだけ言うなら……ちょっとだけ見せてやろうか」

見上げていた目が大きく見開かれた。

「捨てたんじゃないの？」

「柿本にそういうことにしとけって言われたんだよ」

学生鞄から例の手紙を取り出す。自分の部屋のゴミ箱に捨てて母親に見つかるのも嫌で、学校の焼却炉に突っ込もうと鞄の中に入れたまま忘れていた。

「他の奴に絶対言うなよ」

もう一度念を押して、手紙を渡した。遠藤は手近にあった椅子に腰掛けて、嬉々《きき》とした表情で便箋を開いた。読みながら「本当にホンモノだあ」と呟《つぶや》く。

「ねえ、待ち合わせの場所とか書いてあるけど、行かないの？」

「行くわけないだろ」

便箋を封筒にしまいながら、遠藤は「本物って見たことないから、一度見てみたいなあ」とポツリと口にした。

「俺、見たくない」

「えっ、見てみようよ。社会勉強、社会勉強」

椅子から立ち上がり、浩一の腕に絡みつく。反動で胸の膨《ふく》らみに触れた気がして、ドキリとした。大きな瞳でじっと見つめられ、目を逸らすことができなくなる。あの時、手紙の宛て先を自分にしてもいいかと聞いた時も、遠藤はこんな風に自分を見上げていた。だから思わず「いいよ」と答えてしまったのだ。

「柿本にも下手《へた》に関わるなって言われてるし……」

「そんなの黙ってたらわかんないって」

視線の威力に、自分の中の決心がグラグラ揺れる。そのうち柿本の警告よりも遠藤の瞳の力に負けて、浩一はゆっくり口を開いた。

「……他の奴には内緒だぞ」

遠藤の顔がぱっと明るくなった。

「うん。約束する」

浩一の指先を、柔らかく温《あたた》かい手のひらがギュッと握り締めた。

「遠くからちょっとだけだぞ。騒いだりするな」

「うん」

「あと絶対、誰にも言うなよ」

遠藤は嬉しそうにコクリと頷《うなず》く。なんとなくいい雰囲気で、今がチャンスだと胸に囁《ささや》く声があった。さりげない風を装《よそお》い「一緒に帰ろう」と言いかけた時、遠藤は腕時計を見て「あっ」と小さく声をあげた。

「玄関に友達待たせてたの、忘れてた」

引き止める間もなく「じゃあね」と言い残して、教室の入り口まで走っていく。そして戸口の前で振り返り、右手を小さく振った。呆然《ぼうぜん》としていた浩一も、慌てて右手を振り返す。足音は廊下にパタパタと響いて、すぐに聞こえなくなった。

屈託がなくて、爬虫類が好きで、ホモが見たいと言う、そんな変な女の子を浩一はかなり、かなり……意識していた。

ジーンズにTシャツ、その上に厚手のシャツを重ね、黒のダッフルコートを着た。靴は最近買ったスニーカー。小雪がチラつく加瀬乃駅の前で遠藤を待つこと三十分。昼間なのに空は灰色でとても寒くて、足先と指先がかじかむ。あんなにホモを見たがってたのに、約束をすっぽかされたのかと切なく疑いはじめた頃、ようやく駅のホームに彼女が姿を見せた。ニットのロングワンピースに白いコートの遠藤は、カツカツとブーツの音をさせながら浩一に駆け寄ってきた。

「ごめんね、遅れた」

ストレートの髪が目の前で揺れる。唇も頬《ほお》も淡いピンク色。見とれて何も言えない浩一に遠藤が不思議そうに首を傾げた。慌てて我に返る。

「遅いよ、お前」

「ごめーん。来る前に友達から電話があったの」

「もう時間になるから、行くぞ」

「うん」

並んで歩く。途端、周囲の視線が気になりはじめた。浩一はうつむき加減、遠藤の横顔をチラチラと眺《なが》めた。恋人同士に見えるだろうか……そう考えると、嬉しいような恥ずかしいような、なんとも言えないくすぐったい気持ちになる。

ふわふわしたいい気持ちに喝《かつ》を入れるように、親友の顔が頭に浮かんだ。男から変な手紙が来たと最初に相談したのは柿本だった。柿本とはオムツが取れる前からの付き合いで、小・中・高校も同じという、腐れ縁の親友だった。

学年首席という少し分けてもらいたいような頭と、整った顔。恐れを知らぬ超毒舌を有する親友は、手紙を読むなり「捨てちまえ」と吐き捨てた。

「伊藤って、前にみんなでホモ本読んでた時に手紙を出してみようって言ってた奴じゃないか。あの後でお前が手紙を渡してるのを見て、嫌な予感はしたんだよ。本当に遠藤が何かやらかしそうな気がしてさ。……来ちまったもんはもうどうしようもないから、無視しろよ。返事を書くとか、見に行って楽しむなんて絶対にするなよ。悪趣味だし、そいつに対して失礼だ」

浩一としては遠藤と同じで、みんなでおもしろおかしく騒いで、ちょっと覗き見したっていいじゃないかという気持ちでいたが、柿本の言葉に浮ついたことは言い出せなくなった。

幼なじみの言ってることが正しいのはわかっている。だけど遠藤に見つめられて、正論よりも好奇心が頭一つ抜きんでた。

回りくどいことを取っ払ってしまえば、浩一は正直、ホモの男なんてどうでもよくて、これをきっかけに遠藤ともっと仲よくなりたかった。

指定された店の入り口がわからなくて、探すのに少し手間取る。午後二時に十分ほど遅れて二人は「ルーエ」と看板のある店の扉を押した。

ビルの二階にあるその店は、入り口は狭いけれど奥は広く、L字型をしていた。ゆったりと距離を取って置かれたアンティークなテーブルに椅子。壁の時計も飾られている額縁もすべてセピア色で、何十年も昔に逆戻りしたような気がした。店内には耳障りにならない音量で音楽が流れている。よくわからないけど……ジャズかなと思った。

カウンターの中にいる、マスターらしき蝶《ちょう》ネクタイの渋いおじさんに愛想よく笑いかけられて、二人はそそくさと手近な席に腰を下ろした。いつも立ち寄る、ファーストフードのチェーン店とは明らかに雰囲気が違い、自分たちがひどく場違いな気がした。それは遠藤も同じだったようで「このお店、ちょっと緊張するね」と耳許に囁いた。

手前に腰掛けてしまったので、男が指定した窓際の席はよく見えなかった。雑誌を取りに行くふりをしながら、店の中を観察する。指定された窓際の席は四つあり、全席とも客で埋まっていた。奥から中年のサラリーマン、次が大学生ぐらいのカップル、本を読んでる髭《ひげ》のおじいさんと続いて、一番手前に座っていたのがホストみたいに水商売っぽく垢抜《あかぬ》けた、黒いスーツの若い男だった。

こいつだ、と浩一は確信した。歳《とし》も二十七歳ぐらいに見える。本を読むのが好きだと書いてあったからもっと地味な、いかにも文学青年ぽいタイプを想像していたのに、実物と手紙のイメージはずいぶんと違っていた。じっと見ていたことに気づかれたのか、顔を上げた男に睨《にら》まれる。浩一は慌てて自分の席に戻った。腰掛けるなり、クリームソーダ片手の遠藤に「それらしい人、いる？」と聞かれた。

「いることはいるみたいだけど」

遠藤は「私も見てくる」と言って席を立ち、興奮したように頬を紅潮させて戻ってきた。

「すごくかっこいい人じゃない。あんな人がホモなんて勿体ないなあ」

自分の前で他の男を褒《ほ》められると、あまりいい気がしなかった。

「そうか？　変に派手だし、眉毛も不自然に細いし……」

「あんなにかっこいいなら、ホモでも許せちゃうかも」

顔の美醜《びしゅう》でホモを許せる、許せないと言うのは、どこか理不尽な気がした。女ってわりと残酷だよなと思いながら、浩一はコーラをズッと啜《すす》った。黙り込んだ浩一に気づかず、遠藤はしきりに男のいる方角を気にしている。そういえば、男からの手紙には「窓際の席で、目印にテーブルの上に黒い手帳を置いておきます」と書いてあった。あの男のテーブルの上に、手帳なんてあっただろうか。煙草とライターがあるのは覚えているけれど。

「あっ、高橋《たかはし》先生がいる」

遠藤が小さく叫び声をあげた。声につられて浩一も振り返る。けど遠藤の指差す先は、観葉植物の陰になってよく見えない。大きく体を傾けてやっと、眼鏡をかけ黒いセーターを着た細身の男が座っているのが見えた。浩一はその顔に見覚えがなかった。

「あんなの、ウチの高校にいたっけ？」

「現国の高橋先生よ。知らないの？」

「習ったことない」

遠藤が小さく肩を竦《すく》めた。

「うちの高校、先生の数も生徒の数も多いもんね。高橋先生、今年は一年の担任だから二年受け持ってないし。優しいから、女の子に人気があるんだよ」

ふうん……と相槌《あいづち》を打つ。もう一度振り返ったけれど、やっぱり観葉植物の葉陰に隠れて顔はよく見えなかった。とりとめのない話をしているうちに、遠藤が不意に口をつぐんだ。緊張した面持《おもも》ちで、テーブルの下から浩一のつま先を蹴り、右に目配せする。何ごとかと視線をやると、黒いスーツの男が自分たちの隣を通り過ぎていくところだった。常連らしく、カウンターの奥にいた蝶ネクタイのおじさんに「マスター、つけといて」と言い残して店を出ていく。お互い息を殺し、男の姿が見えなくなった途端、二人同時にため息をついた。

「もう帰ろうか」

呟きに、遠藤はコクリと頷いた。先に立ち上がった浩一は、テーブルの上のレシートをつかんだ。

「ここはおごってやるよ」

「さんきゅ」

遠藤はにっこり笑って、先に店を出た。レジの前の通路がひどく狭かったからだ。支払いをすませ、お釣りを財布にしまおうとして、小銭が床に落ちた。かっこ悪い……と思いながら慌てて十円玉を拾い、何げなく窓際の席を見た浩一は、さっきまで黒いスーツの男がいた席に人がいることに驚いた。

眼鏡に黒いセーター。遠目にもテーブルの上に黒い何かが置かれているのがわかる。ゴクリと喉《のど》が鳴った。遠藤が話していた、現国教師の「高橋」だ。

「嘘だろ……」

レジの前から動かなくなったことを不審に思ったのか、店員が「お客様？」と首を傾げる。浩一は低い姿勢のまま、不自然な恰好で店を出た。

「何してんの？」

遠藤が訝《いぶか》しげに問いかける。浩一は慌てて背を正した。

「まだ時間早いし、どっかで遊んでく？」

小首を傾げる可愛い仕種《しぐさ》でそう言われても、曖昧に「うん……」と返事をするだけ。誘われて嬉しいけれど、それよりも黒いスーツの男が立ち去ったあとに、まるで待ち構えていたように窓際の席へと移動した、自分の通っている高校の教師が気になって仕方なかった。

通りをしばらく歩いてから振り返った。窓際へ移動したあの男も、店ももう見えない。横顔の遠藤をチラリと見た。話そうか、どうしようかと少し迷う。

「あのさ、さっき俺の後ろにいた、ウチの高校の先生って奴なんだけど……」

「高橋先生のこと？」

「そいつのフルネーム、なんての？」

「高橋誠人《まこと》だよ。誠実の誠に人でまことって読むの」

浩一が手紙をもらったのは「伊藤誠」というサラリーマンだ。だけど窓際の席に、手帳らしきものを置いて座ったのは自分の通っている高校の教師で「高橋誠人」。珍しい名前でもないけれど、微妙な具合に共通点がある。手帳をテーブルに置いたのは、窓際に移動したのは単なる偶然だろうか。いや、そんな訳がない。

「高橋先生がどうかしたの？」

遠藤が顔を覗き込んでくる。口を半分まで開きかけて、やめた。

「別に。なんか暗そうな奴だなと思ってさ」

「おとなしい先生だけど、そんな暗いって雰囲気でもないけどなあ」

不意に「きゃっ、可愛い」と歓声をあげ、遠藤は立ち止まった。アクセサリーショップのウインドーに飾られた華奢《きゃしゃ》な指輪をじっと見つめる。

「ねえ、中に入っていい」

返事をする前に、遠藤に手を引かれ店内に連れ込まれた。照れながらも嬉しいはずのその状況も、解けない疑問のせいで素直に喜べない。柿本の顔が脳裏を過《よぎ》る。「そいつに対して失礼だ」と言っていたことを思い出す。しばらく考えてから、忘れることに決めた。自分は何も見なかった。手帳も、窓際の男も何も見なかった。そういうことにしておこうと思った。


移り気な遠藤に付き合って、男には縁のなさそうな可愛い店をいくつか回った。そのあとでゲームセンターに入り、対戦型ゲームで少し遊んだ。小腹が空《す》いて、公園でコンビニの肉まんを食べているうちに、ゆっくりと日が傾きはじめた。

薄暗くなって、急に寒さを増した空気の中を並んで歩きながら、行きと同じ道を通って駅へと戻る。例の喫茶店が近づいてくるにつれ、浩一は下を向いたまま顔を上げられなくなった。

ビルの下を通り過ぎてから、意を決して振り返る。周囲が暗くなったせいか、蛍光灯の明るい喫茶店の窓辺ははっきりと見えた。眼鏡の黒い人影が、窓際の席で頬杖《ほおづえ》をついている。

あの男だとわかった途端、浩一は向き直った。腕時計をチラと覗き込む。約束は二時で、今は夕方の六時を十分過ぎている。

混雑した駅で、遠藤を柱の陰で待たせて二人分の切符を買う。手のひらの、ただの紙切れがやけに重たい。あの男は、一体いつまであそこで待つんだろう。

「早く行かないと、電車出ちゃうよ」

柱の陰から動けなくなる両足。浩一は短く舌打ちして、切符を財布の中にしまい込んだ。

「ちょっと買うものを思い出した。悪いけど、先に帰って」

遠藤が改札を通って階段を降りていくところまで見送ってから、駅へ向かう人の流れに逆らうようにして喫茶店の窓が見える場所まで戻った。まだ男の姿が見える。

お前の待ってる奴は来ないんだから、さっさと諦めて帰れよ。遠くから強く念じたけど、窓際の影は動く気配がない。四時間も何を考えて待っているんだろう。浩一は遠藤が遅れた三十分でさえ、不安で、ジリジリして仕方なかったというのに。

男を帰らせるためには、待たせないためには自分が目の前に立って「帰れ」と言うしかないのだろうか。散々待たせたあげくにそれじゃ、男が怒っても当たり前だった。

「戻ってこなきゃよかった」

ぽつりと洩《も》らす。レジでお釣りを落とさなければ、窓際を見なければ、戻ってこなければ、待つ男を見ずにすんだ。こんな罪悪感を覚えずにすんだ。

「いくら何でもさぁ、もうすぐ諦めて帰るだろ」

自分に言い聞かせるようにして踵《きびす》を返す。三歩あるいて振り返る。店で待ち続ける男の姿が頭から消えない。

どう声をかけていいのかわからず、怒られる覚悟もつかないまま店に近づく。ビルの階段を上り、ルーエといぶしたような金色の看板がかかったドアの前で立ち尽くす。頭の中でこれからの自分をシミュレーションした。まず、用事のせいで遅くなったと謝って、それから自分に付き合う気はないとはっきり断る。

付き合う気もないのに手紙を出すなと怒られるだろうか。正確に言えばポストに投函《とうかん》したのは遠藤だけど、遊び半分だったなんて言えるはずもない。遠藤は優しいと言っていたけれど、四時間も待たせたあげくにいい加減なことを言われたら、普通は誰だって怒るだろう。

このまま帰ったら、それきりになる相手だ。心の中に囁く声がある。わざわざ嫌な思いをすることもない。だけど……曖昧な気持ちのまま、ノブに手をかけた。それはドアが内側から押されるのと同時だった。

相手の男は浩一の姿に驚いた顔をして「すみません」と頭を下げた。浩一は声も出なかった。数十センチの距離を置いて向かい合っているのは、あの男だった。待ちぼうけさせた、窓際の男。男は浩一の顔を見つめ、わずかに頭を下げた。

「表に出たいので、すみませんが」

「あっ、ごめん」

慌てて右へ避《よ》ける。脇をすり抜けた男は、ゆっくりと階段を降りた。半《なか》ばでふと立ち止まる。振り返った視線と、男の背中を見ていた浩一の視線がぴたりと重なる。不自然に見つめ合ったあとで、男の唇が動いた。

「人違いだったらすみません。もしかして里見さんですか」

低くて柔らかな声だった。ゴクリと喉が鳴る。

「……あっ、その……はい」

嘘がつけなかった。男が口許だけでぎこちなく笑ったような気がした。

「はじめまして、手紙を出した……伊藤です。来られないかと思って帰るところでした。すれ違いにならなくてよかった」

「その、俺……すっごく遅れてすみません」

男は階段の手すりにつかまって一度うつむき、顔を上げた。

「もし里見さんにお時間があるようなら、別の店へ行きませんか？」

……正直、帰りたかった。だけど帰りたい、と言えるはずもなかった。

男が入ったのは、通りを挟《はさ》んだ向かいにある小さな喫茶店だった。自分たち以外に客は一人しかいない。奥まった席に向かい合って座る。固い木製の椅子の上で浩一はひどく緊張した。

男はメニューを浩一の前に差し出した。

「何か食べますか」

「いっ、いいです。そんなに腹減ってないから」

何か食べられるような気分じゃないし、長居もしたくなかった。

「じゃあコーヒーでいいですか」

「はい」

浩一は男と視線を合わさないよう俯《うつむ》いた。正直、今すぐにでも逃げ出して帰りたい。男は何も言わない。沈黙も、腰がむず痒《がゆ》くなるような気まずさもたまらなかった。三分、五分……どれだけ黙していただろう。お互い話を切り出す気配がない。黙っていたらいつまでもこのままのような気がして、意を決して顔を上げた。男と目が合う。

「あっ、あの……」

「ところで……」

声を発したのは二人同時だった。お互い中途半端に口を開いたまま、言葉が途切れる。

「里見さんからどうぞ」

「いえ……いっ、伊藤さんから」

譲り合って再び沈黙する。浩一は薄く唇を嚙《か》んだ。あの時、駅で変な同情なんかしないで、さっさと帰っていればよかった。この男だって、もう帰りかけていた。それなのにタイミングが悪い……コップの水を一息に飲む。やたらと喉が渇いて仕方なかった。

ばあちゃんの葬式の時だって、こんなに気まずくはなかったぞと思っているうちに、二人分のコーヒーが運ばれてきた。それを待ち構えていたように一口飲む。何かしていないと間が持たなかった。テーブルの上、腕時計の秒針を睨みつけた。あと十秒、五秒と数えて、長針が十二を指したところで顔を上げた。

「あの、俺……」

そんなに大きな声じゃなかったのに、コーヒーを掻き混ぜていた男の指先が、驚いたようにビクリと跳ねた。反動で匙《さじ》が受け皿の上に落ちる。

カシャン、と店の中に音が響き、男の顔が一瞬で真っ赤になった。

「すっ、すみません。続けてください」

うつむき加減、男は何ごともなかったかのように言ってのけた。そんな声の調子とはうらはらに、耳は先端まで赤く、テーブルの上で組み合わされた指先は色がなくなるほど強く握り締められていた。わずかに震える肩先に、男も緊張しているんだと浩一は初めて知った。

「今日は遅れてすみませんでした」

男が顔を上げた。これといって特徴のない目鼻立ち。おとなしくて、気が弱そうで、休み

時間も自分の席で本を読んでいるような雰囲気。クラスメイトの中にいたら、嫌うわけじゃないけれど間違いなく浩一が一歩距離を置くタイプだった。

「僕も遅れてしまったので、それほど待ちませんでした。こちらこそ里見さんの都合も聞かないで勝手に日にちと時間を指定してすみません。ああいう本に手紙を出したのは初めてだったので、手順がよくわからなくて……お忙しかったんじゃないですか？」

男はぎこちなく笑った。四時間以上も待たせたことを怒るでもなく、それどころかこちらが罪悪感を持たないようにわざと嘘をつく。そんな風に気を回されたことに驚いた。自分は遠藤と面白がってこの男を見に来たあげく、何時間も待たせた。気をつかってもらえるような人間じゃないんだと思うと、居たたまれなくなる。

「確か、里見さんは大学の四年生ですよね」

男が話しかけてきた。

「店の前で最初に会った時、ずいぶんとお若く見えたので、声をかけるのをためらったんです」

「えっ、ああ……よく言われます……」

本当は高校生なんだとも言えず、気まずさで返事は尻《しり》すぼみになる。

「大学では文学を専攻されてるんですよね。専門は誰ですか？」

背中に冷や汗が流れた。専門、と言われても困る。何も頭に浮かばない。

「あの……夏目漱石《なつめそうせき》が好きで」

漱石が好きだと言っていたのは柿本だ。浩一はこの前に授業でやった「吾輩《わがはい》は猫である」の冒頭しか知らない。

「漱石は僕も好きな作家です」

男がニコリと笑った。ここで小説の話をされたら、絶対にボロが出る。そっち方面に話を持っていっちゃいけない。浩一は何か言いかけた男を強引に遮《さえぎ》り、聞いた。

「伊藤さんは、なんの仕事をしてるんですか」

男は二度瞬《まばた》きしたあとで、ややうつむき加減に視線を逸らした。

「セールスの仕事です」

もし浩一が遠藤から、この男が「高校教師の高橋」だと聞いていなかったら、「伊藤誠」は嘘だと知らなかったら、その些細《ささい》な仕種には気づかなかっただろう。だけど知っているから小さな声に、逸らされる視線に、男の後ろめたさを感じる。

「営業なんですか？」

「ええ、まあ」

「そういうのって大変そうですね」

「僕のところは比較的楽ですから。それより……そう、大学のほうはいかがですか？　卒論が大変だったんじゃないですか」

男が少し早口に、話題を変えた。

「卒論？」

大学のことはよくわからないが、四年生になるとその集大成である「卒論」なるものがあるのは知っていた。

「あ、それはこれから……」

適当なことを言った途端、男が首を傾げた。

「これからなんですか？　今年卒業されるんですよね？　二月のこの時期からで間に合うんですか？」

卒論をいつ出すかなんて、そんなの知らない。考えてもわからない。訝しげな男の表情が「ああ」という声とともに消えた。

「もしかして、一年浪人されてますか？」

「あっ、はい」

「それじゃあ今年は就職に卒論と色々と大変ですね」

「ええ、まあ。あの……伊藤さんはどんなものを売ってるんですか？」

男が短く「えっ」と呟いた。

「あの、セールスなんですよね」

「ああ、はい。主に……その……食品関係で」

「お菓子とか？」

「あ、はい。そういうものも売ってます」

男が黙り込み、浩一も砂糖とクリームで茶色になったコーヒーの表面を見つめた。まるで狐《きつね》と狸《たぬき》の化かし合いだった。どうしてこんなに苦しい嘘ばかりついて白々《しらじら》しい会話を続けないといけないんだろう。

男が「あの……」とまた話しかけてくる。お互い様だから、とぶつ切れのくせに途切れることのない嘘の話を我慢した。けれど次第に話すのが鬱陶《うっとう》しくなってきた上に、こちらの顔色をうかがうように声をかけてくる男の気弱な姿勢に、何だか腹が立ってきた。

「馬鹿みて」

ボソリと吐き捨てる。静止画像のように目の前の唇の動きが止まった。

「あの、俺と話しててつまんなくないですか」

投げやりに聞いた。意地の悪い言葉。答える男の声は小さすぎてよく聞こえない。

「何か言いました？」

ようやく耳に届く声が聞こえた。

「……そんな、つまらなくなんかないですよ」

お互いに黙り込む。腕時計を見ると午後八時を過ぎていた。

「もう遅いし、帰ってもいいですか」

すると男は慌てたように肩を揺らした。

「ああ、そうですね。無理に引き止めてしまってすみませんでした」

浩一が立ち上がる前に、男は慌ててレシートをつかんだ。

「自分の分は自分で払います」

そういう浩一に男は首を横に振った。

「こっちが無理に誘ったんです。だから僕が払います」

頑固な響きに言い争うのも面倒で、男に任せる。表に出てから一応、礼を言った。

「ご馳走《ちそう》さまでした」

「こちらこそ、すみませんでした」

男は浩一に、深く頭を下げて謝った。

「じゃ、さよなら」

約束を果たした義務感でホッとして、駅に向かって歩き出したその時だった。

「また、会いたい」

背中に聞こえてきた声に振り返る。男は気まずそうに視線を落とした。

「その、ご迷惑でなかったら」

自分のそっけない態度で脈はないと気づいたはずだった。それなのにまた会いたいという。

よほど鈍感な男か、わかっていて気づかないふりをしているのか……。今なら「もう会いたくない」と断れる、そう思った。立場的には浩一のほうが優位だった。

「あの、俺は……」

そこまで喋ってから、うつむいたままの男の肩先が震えていることに気づいた。不自然なほどに力を込めて握り締められた指先は薄暗い中でもわかるほど白い。……断ったら、傷つくのかな、そう思った途端、続きが言えなくなった。ふと思い出す。真剣に告白したのに「冗談でしょ」と笑っていた女の子のことを。本気なんだと言うに言えなくなり、そのまま冗談ですませたけれど、そのあとでとてつもなく虚《むな》しくなり、友達だったその子と普通に喋れなくなった。

男が顔を上げた。唇の端に笑みらしきものを浮かべているのに、目は潤《うる》んでいる。

「無理を言ってすみません。今日は付き合っていただいてありがとうございました」

強がっているのがはっきりとわかる。相手は大人なのに、痛々しい気持ちになった。

「もう一度、会ってもいいけど……」

飛び出した言葉は、自分でも思いがけないものだった。男の驚いたような、縋《すが》るような目とかち合った瞬間、しまったと思う。もう引っ込みがつかない。数秒の沈黙のあとに、男は再びしんなりと視線を落とした。

「気をつかっていただかなくてもけっこうですよ」

これきりにしたいのも、お情けでそう言ったのも、後悔ですら気づかれているような気がする。けどそれをいいことに「じゃ、さよなら」とも突っぱねられない。下唇を薄く噛んで、コンクリートの地面をスニーカーの踵《かかと》で擦《こす》った。

「電話番号、教えてください」

浩一の声に男が反応するまでに、無視されたのかと思うぐらいの「間」があった。不意に肩でも叩かれたようにうつむけていた顔を上げた男は、慌てて鞄から手帳を取り出すと、震える指で電話番号を書きつけた。最初のメモは指が震えて字が波線になり、男は耳を真っ赤にして紙を一枚破り捨てると、もう一度書き直した。その紙片を渡す時も指先は震えていて、どうして自分相手に緊張するんだろうと不思議に思った。メモをもらったあとは、どちらからともなく他人行儀なお辞儀をして別れた。

帰りの電車の中で、浩一は男が自分の家の電話番号を聞いてこなかったことに気づいた。聞かれても困ったけど……と思いつつ、それ以上深く考えることはなかった。だけど電車を降りる段になって、自分がその気にならなければ次に会う機会はないんだと気づいた。

あんなに震えながら、それでも自分の気持ちを最優先に考えてくれた男に、気の弱そうな男に、本当に本当に悪かったとそう思った。

浩一の通う東西《とうざい》高校は、五年前にできたばかりの私立高だった。進学校ではなく偏差値もそこそこ、場所がベッドタウンの中ということもあり全校生徒は千二百人と多かった。教師の数も八十人近い。

学年ごとに棟が違うので、二年の浩一は一年生の担任だという男とはよほどの、例えば授業の移動や職員室へ行く用がない限り校内で会う機会はなかった。

昨日の今日の偶然だった。昼休み、浩一は校内に一つだけあるパックジュースの自動販売機の前に立って、カフェオレにするか、コーヒーにするか真剣に悩んでいた。悩んだ末にカフェオレに決めて百円玉を入れようとした時、背後から「高橋先生」と女の子の声が聞こえた。振り返ると、背後にある渡り廊下にあの男がいた。

心臓がひやりとする。百円玉を握り締めたまま植え込みを上履《うわば》きのまま突っ切った。ずいぶんと離れてから、そっと振り返る。男は渡り廊下で、女子生徒と話をしていた。眼鏡と、少し猫背気味の背中。紺色のスラックスに白い長袖《ながそで》のシャツ。その上に野暮《やぼ》ったいカーディガンとおよそ典型的な教師の恰好をしていた。

あんなに近くにいたのに、うつむき加減の男は自分に気づかなかった。「また、会いたい」と言った相手なのに、気づきもしなかった。昨日の相手が生徒だとは想像もしてなかったんだろうなと思うと、なんだか不思議な気がした。

手ぶらのまま教室に戻ると、柿本に「お前、ジュース買いに行ってたんじゃないの？」と言われた。「欲しかったの、売り切れてたからさ」と適当に誤魔化して、椅子に腰掛ける。

ポケットでチャリッと小銭の音がした。百円玉を財布に戻していると、向かいの柿本が机の下にかがみ込んだ。

「おい、何か落としたぞ？」

柿本が拾い上げた二つ折りのメモを勝手に覗き込む。浩一は慌ててそれを取り返した。男から電話番号のメモをもらったはいいものの、どうすることもできなくて財布の中に突っ込んだままだった。

「人のモン、見んなよ」

軽く肩を竦めて、柿本は上目遣《うわめづか》いの視線でニッと笑った。

「誰ん家《ち》の番号だよ」

「お前に関係ないだろ」

紙切れをクシャクシャに握り込んで、ポケットの中に突っ込む。昨日から何度もメモを取り出しては、考えていた。電話したものかどうかと。電話番号を受け取ったから、向こうはこっちに少しは期待しているのかなとか。自分はもう二度と男に会う気はないし、付き合う気もない。期待して待たせる時間が長ければ長いだけつらいのは、なんとなくわかる。

電話をかけて、冗談とまでは言わなくてもその気はないと正直に話をすれば、自分としてはすっきりとして後ろめたいことはなくなる。だけど、男は傷つくに違いなかった。電話をかけないで自然消滅も考えたものの、それだとやっぱり後味が悪い。

机の上に身を乗り出してきた柿本が、浩一の耳許に「それって遠藤ん家の番号だろ」と小声で囁いた。驚いて目を見張る浩一に、柿本は人の悪い顔で目を細めた。

「日曜日、二人で一緒に歩いてただろ。遠藤とは変わった趣味だと思うけど、お前がいいならまあいいんじゃないの」

浩一はぶっきらぼうに答えた。

「遠藤とはそんなんじゃねえよ」

柿本が首を傾げる。

「デートじゃなかったのか？」

浩一は追及の視線から顔を逸らしてうつむいた。デートじゃなく二人で出掛ける口実など、思いつけなかったからだ。柿本がじっと自分を見ているような気がする。

「そういえばさ、手紙の男との約束って昨日じゃなかったっけ？」

ゴクリと生唾を飲み込む。柿本は昔から恐ろしく勘がよくて、浩一は親友の前で嘘をつき通せたためしがなかった。

「俺、ちょっとトイレ」

慌てて立ち上がろうとしたけれど、右手をがっしりつかんで引き止められた。柿本はにっこりと笑っていたけれど、目の奥が笑ってなかった。

「昨日、遠藤と何をしてたか詳しく聞きたいな、俺」

「お前って奴は、色ボケんのもたいがいにしろよ」

眉間に皺を寄せた怖い顔で親友に睨みつけられて、浩一は柵《さく》を背にがくりとうなだれた。

風の強い屋上は凍《こご》えるほど寒くて、他に人影はない。怒られて、怒鳴《どな》られて、結局昨日のことを一部始終白状せざるをえなかった。だけど相手の男がこの高校の教師だということは言わなかった。言えばもっと怒られるのが目に見えていたからだ。

「いくら遠藤とデートしたかったからって、相手の男を見に行くなんて何考えてんだよ。おまけに会って話もしたなんて、これからどうするつもりだっ」

言われっぱなしもキツくて、浩一も小さく反論した。

「放っておけなかったんだよ。長く待たせたし、俺のこと気に入ってたみたいだし……」

「いくら同情したって、お前はそいつと付き合えないだろっ。それなら電話番号を聞くなんて期待させるようなことはしないで、その場ではっきり言ってやったほうが親切だったんじゃないか」

浩一は軽く唇を噛んだ。

「俺だって『これっきりだ』って言おうと思ったんだよ。だけど……」

うつむいて震えてる男の姿を見ているうちに、言えなくなったのだ。

「時間に遅れても何時間も待ってるような真面目《まじめ》な相手なら、きっとお前からの電話を期待してるぞ」

断言されると、本当にそんな気がしてきた。電話の前で、背中を丸めてじっと座っている姿を想像してしまう。

「どうしよう……」

「どうしようも何もないだろ。今日にでも電話して、謝ってケリをつけろよ。それが誠意ってもんだ」

浩一が迷う隙《すき》も与えずに判断を下した柿本は、それとわかる大きなため息を寒空に吐いた。

母親は夕方からの仕事で、明日の朝にならないと帰ってこない。電話をするには絶好のチャンスなのに、なかなかかけられなかった。テレビのバラエティ番組が延々と騒ぎ続けているリビング、電話の前でブツブツと呟きながらシミュレーションを繰り返す。それが現実逃避だと気づいたのは、時計が夜の十一時を回ってからだった。

意を決して受話器を取る。十分に心の準備をしていたはずなのに、三コールで繋《つな》がる気配がして、それだけで心臓がバクバクしはじめた。

『はい』

口の中にたまる唾液《だえき》をゴクリと飲み込み、早口に喋った。

「い……伊藤さんのお宅でしょうか」

短い沈黙のあとに『どなたですか』と問いかけられた。

「里見です。あの、この前に会いましたよね？」

『はい』

焦《あせ》りまくった自分とは反対に、男の声はずいぶんと落ち着いて聞こえた。

「その、話があって電話したんですけど……」

相手は無言だ。電話口から離れてしまったのかと、思わず声をかけた。

「伊藤さん？」

『すっ、すみません。ぼんやりしてしまって。まさか本当に電話をいただけるなんて思わなかったので、驚いてしまって』

浩一の脳裏に、昼間、渡り廊下で見かけた野暮ったい男の姿が浮かんだ。

『いい印象を持ってもらえた風ではなかったので、もう会うこともないだろうと思ってました。だからかけてきてもらえて嬉しいです』

はにかむような嬉しそうな口調に、ひょっとして……と嫌な予感がする。

『僕はもう一度話をしたいと思っていたので。自分で言うのもなんですが……その、人見知りしてしまう癖《くせ》があって、初対面の人となかなか上手《うま》く話ができないんです。そのことであなたを苛立《いらだ》たせたのもわかっていたので』

男が自分に期待しているんだと、言葉尻から伝わってくる。電話をかけてきたのがケリをつけるためだとは、想像もしていないに違いなかった。

『あの後、いただいた手紙をもう一度読んでみました。あなたの望んでいた相手に、僕はほど遠かったんじゃないですか？』

「どうして？」

『手紙に「優しいお兄さんを希望」と書いてありましたよね。もっとこう、頼りがいのあるしっかりした人を探していたんじゃないですか』

「そんなこと、書いてたっけ？」

電話の奥で、苦笑いが聞こえた。

『覚えてないんですか？』

責めている声でもなかったけれど、反射的に「ごめん」と謝っていた。

『そんな、謝らなくてもいいですよ』

男は穏やかに笑った。ほんの短い会話でも、人柄が見える。悪い男じゃない。だからこそ、あまり長く話すと「もうこれきりにしたい」と言い出せなくなるような気がした。

「あの、ですね……」

『はい？』

あの手紙は冗談でした。自分はホモじゃないから、男と付き合う気はありません。受話器を強く握り締めて、心の中で何回も弾《はず》みをつける。練習した言葉を口にできるように。

『あなたは、優しい人ですね』

不意打ちに、息を呑《の》んだ。

「いきなり、なんですか」

『ただ、なんとなくそう思ったので』

本当に「優しい人」はきっと何時間も待ちぼうけなんてさせないだろうし、ホモを見たいという女の子を連れて観賞になんか行かない。短い沈黙……だけど切り出すキッカケが遠い。

『今週の日曜日、何かご予定がありますか？』

その先は予測できたけど、断る理由が思い浮かばなくて、聞かれたことにだけ返事をした。

「別に……」

『もし僕のことが嫌でなかったら、もう一度会っていただけませんか』

返事をできないでいると、慌てて男が付け足した。

『急にそんなこと言われてもご迷惑ですよね。すみません』

「あ、その……そんなことないけど……」

迷惑ではないと言いつつ「会う」とは言えないのだ。

『僕は日曜の午前中、用があって外出するんです。外へ出るといつも、この前待ち合わせた店でコーヒーを飲むのが習慣になってます。昼過ぎには立ち寄ると思うので、もし都合がつけば来てください』

返事をしないでいると「本当に都合がつけばでいいので」と追い討ちをかけられた。

「あの、今、俺ちょっと急いでるから」

苦し紛《まぎ》れに嘘をつく。こんな夜になんの用があるというのか……不自然でもいいから、理由なんてどうでもいいから、もう一刻も早く電話を切ってしまいたかった。

『あ、そうなんですか？　忙しい時に電話をいただいてすみません』

「それじゃ」

向こうの返答を待たずに、受話器を置く。電話を切ると同時に、浩一は脱力してため息をついた。

「柿本のクソッタレ」

一人で怒鳴る。何があいつが電話を待っているだ。全然期待してなかったって言ってたじゃないか。電話をしなきゃ、自然消滅してた。それを焦って電話したばっかりに、変に相手を期待させて「もう会わない」と言うに言えなくなった。

どうして「会わない」と言えなかったのか、理由を話せなかったのか悶々《もんもん》とする。折り返し電話をしようかと思ったけど、急いでいると言った手前、かけられなかった。明日もう一回かけてみる。電話でも言えないのに、相手と向かい合って話なんてできるはずもない。リビングにあるカレンダーを覗く。確認するまでもなく、日曜日は六日後だった。

男は窓際の席に腰掛けて、浩一が店に入ってきた時からこちらをじっと見ていた。いるのは店に入る前から知っていた。下の通りから、窓越しにその姿が見えていたからだ。見られていることがわかっていても、そばに近づくまで浩一は目を合わせられなかった。

「こんにちは」

男の声に小さく頭を下げて、ぎこちない仕種で向かいに腰掛ける。椅子を引く、ギギッという音がやけに耳についた。

「何か頼まれますか」

メニューを差し出されて、うつむき加減の顔を上げた。目が合う。男は最初に会った時と同じ、緊張しきった表情でぎこちなく微笑《ほほえ》んだ。男の緊張が乗り移ったかのように、浩一の顔も強張《こわば》ってくる。

男に「会いたい」と電話で誘われたあと、断りの電話を入れることができなかった。話すのが嫌だったから、小テストがあるとか、明日にしようとか次々に先送りにしてとうとう昨日になり、ようやく重い腰を上げて電話をかけたけれど、繋がらなかった。

連絡がつかないなら、会うしかない。行かないと、また何時間も待ちぼうけをさせて、この前の二の舞になる。だけど正面切って「会いたくない」とか「冗談でした」というのは正直、きつかった。どうしていいのかわからなくて、柿本に相談しようと思ったけれど、相談したら相談したで「まだちゃんと話してなかったのか」と怒られそうで、言い出せなかった。

「今日は暖かいですね」

コーラを選んでメニューを置いた途端、話しかけられた。

「えっ、なっなんですか」

慌てて聞き返した浩一に男は気まずそうにうつむいた。

「あの、天気がいいので今日はふだんより暖かいなと」

「そうですね」

確かに外は暖かかったけれど、浩一には天候を気にするような余裕はなかった。電車に乗っている間も、歩いている間も、どうやって「会いたくない」と切り出せばいいか、そのことばかり考えていた。

「もし里見さんにこれから予定がなかったら、美術館へ行きませんか。近くで木版画展をやってるんです」

心の中で「きたっ」と思った。

「俺……」

浩一は奥歯を嚙み締め、腹を括《くく》った。

「行けません」

きっぱりと言い切る。男は首を傾げた。

「用があるんですか？」

「はい。いえ……その……いえ、あの……」

男が自分を見ている。視線を逸らすくせに、時々こうやって見つめてくる。後ろめたさも手伝って、どうしてだろう……責められているような気がした。

「すみませんっ」

テーブルに両手をついて、勢いよく頭を下げた。

「本当言うと俺、あなたに嘘をついていました」

表情をうかがうように顔を上げると、大きく見開かれた男の目がすっと細くなって、少しだけ頭が前に傾いた。それだけで男が傷ついているような気がした。けれど、ここで足踏みしているわけにはいかない。

「俺、本当は大学生なんかじゃないんです。本を読むのだって好きじゃない。手紙を書く時に、あなたが気に入りそうなことを適当に書いちゃったんです」

やっと言えた。この調子なら最後まできちんと話せる。浩一は小さく息をついて、次の言葉を続けようと口を開いた。

「僕は気にしません」

小さな声、だけどはっきりと男は告げた。

「そんなこと、気にしませんよ」

男はまるで浩一を安心させるように笑ってみせた。

「嘘をつかれたままよりも、今教えてもらえてよかったです」

「あっ、あの……」

「あなたが正直な人で、安心しました」

「あの……」

「正直な人」が両肩に重く伸《の》しかかって、続きが言えなくなる。嘘をついていたのは大学生ってことだけじゃなくて、他にも色々、色々ある。

「本当に僕は気にしてませんから」

男は浩一を気づかうように優しく声をかけてきた。

「綺麗な絵は好きですか?」

不意にそう聞かれた。曖昧に頷いた浩一を見て男は小さく笑った。

「木版も絵と同じで、とても美しいですよ」

木版にも男にも興味はない。だけどこのまま帰れる雰囲気でもなかった。男の表情から強張りが消え、余裕が見える。それは浩一が嘘をついたことを悔やんでいると思っているせいかもしれなかった。

帰り際に言おう、そう決めた。どうせこの後に用はないし、こいつは自分とどこかに行きたがっている。嘘をついたお詫《わ》びも兼ねて、半日ぐらい付き合ってやってもいいんじゃないだろうか。……気は乗らないけど。

目が合うと、男は微笑んだ。気の弱そうな顔だった。今日も男はこの前と同じ、黒いセーターを着ていた。あまりお洒落《しゃれ》な奴じゃないよな……そんなどうでもいいことを考えた。そして本当にどうでもいいことだなと、自分に突っ込みを入れ、うつむいた。

朝っぱらから「お前、究極の馬鹿だな」と柿本に繰り返し言われ、返す言葉もなく浩一は教室の机に突っ伏した。そう言われるとわかっていても、告白せずにはいられなかった。

「お前がそいつを気に入って、付き合っていこうって嗜好《しこう》を変えたのなら俺も文句は言わないけどな」

意地の悪い言い方をされても、反論の余地もない。本当に自分は馬鹿だった。昨日、あれから待ち合わせの喫茶店を出たあと、男について美術館へ行き木版画を鑑賞した。木版にしろ絵にしろ鑑賞なんて高尚《こうしょう》な趣味はないし、絶対につまらないと思ってたのに実際見てみたら、割とよかった。宗教的な意味合いのものが多かったけれど、素直に綺麗だと思った。余韻《よいん》は展示室を出たあとも残って、使う予定もないのにショップで絵葉書を数枚買った。

美術館を出てもまだ三時にもなっていなくて、男に誘われるがままに喫茶店に入った。そして思いがけず映画の話で盛り上がった。浩一が冬休みにたまたま見た映画を男も見ていたからだ。浩一は主人公に感情移入したけれど、男の見方は一風変わっていて、自分と違う視点の話は面白かった。慣れてくると、男は流暢《りゅうちょう》に喋った。浩一の言うことを否定はしないけど、諭《さと》すような喋り方は、どこか人にものを教えている人間特有の匂いがした。

別れたのは六時前だった。ふと時計を見て、三時間近くも話し込んでいたことに驚いた。男に「夕食でも食べていきますか」と誘われて、「きっと母さんが作っていると思うから」と思わず本当のことを言ってしまい、焦った。「親御さんと同居しているんですか？」と聞かれた時は「うん」と返答するしかなかった。

駅まで一緒に歩いた。その間に何度も「もう、会いたくない」と言おうとしたけれど、思いのほか退屈しない時間を過ごし、自分も楽しんだあとでそれを言うのは気まずかった。結局、浩一は男に「ばいばい」としか言えず、男はちょっと笑いながら「それじゃあ」と呟いた。

別れ際、男は「電話番号を教えてもらえませんか？」と言ってきた。咄嗟《とっさ》に「親と一緒だから」と言い訳にもならない言い訳をすると、男は「そうですね」と教えない理由を深く追及してはこなかった。

「あ、でも木版画ってけっこうよかったよ。綺麗だったしさ」

「ふーん」

柿本の反応はあくまで冷ややかだ。

「本当にいい人なんだよ。それはわかるんだけどさ」

「いくらいい人でも相手は男でお前が恋愛対象になるってこと、わかってんのか」

「わかってるよ。次はちゃんと断るからさ」

友人の大きなため息に「大丈夫だって」と念を押すようにそう言った。顔を見たら言えなくなるのに、それでも浩一には余裕があった。いざとなったら、本当のことを言ってすぐ終わりにできるという根拠のない自信があった。

そして「断る」と言いつつ、年上の男と一緒に見る自分の知らない世界に興味があったのも確かだった。


同じ高校だから、偶然すれ違うかもしれない、見つかるかもしれない。廊下を歩くたびに周囲を見渡し、職員室の前を通るたびにドキドキするのは、スリルを伴《ともな》った刺激的な遊びになった。浩一としては見つかってもよかったし、見つかったなら見つかったで驚かせてやろうと思っていた。

だけど男と校内で遭遇することもなく、再び外で会うことになった。浩一は二日に一度の割合で男に電話をかけていた。かける前は「もう会わないって言ったほうがいいんだろうな」と思っていても、話しているうちに自分が何の目的でかけたのかを忘れて長電話になり、母親が帰ってきた気配に、慌てて電話を切ることもしばしばだった。電話の内容は、あとあとまで残らない他愛《たわい》のないことが多かった。男が読んだ本の粗筋《あらすじ》とか、浩一が見たテレビの内容とか。

三度目に待ち合わせたのも前と同じ喫茶店、ルーエだった。男は初対面の時のように強張った顔を見せることは少なくなったし、浩一の言葉に怯《おび》えたように指先を震わせることもなくなった。何か先の予定を決める時、男は必ず丁寧《ていねい》に浩一の了承を取った。決して押しつけがましくなく、いつも選択権は浩一にあった。

今まで遊ぶのはほとんどが同年代の男で、行くのは大抵がゲームセンターか、ファーストフードのチェーン店ばかりだったから、年上の人間に連れていかれる場所は、図書館にしろ自主制作映画の上映会にしろ新鮮だった。

話をすることに慣れてきても、男は年下の浩一に対して丁寧な言葉を使った。低いけど柔らかな声と物腰は、そのまま優しくて気弱な本人の性格を表しているようだった。自己主張の強い部分がなくて、ひどく曖昧なカラーは、たくさんの小石の中にひっそりと埋もれてしまう雰囲気があった。

「日曜日ごとに僕に会ってもらってすみません。お仕事でお疲れなんじゃないですか」

男は浩一が働いていると思い込んでいる。少し前の電話で、どんな仕事をしているんですか？　と男は聞いてきた。高校生とも言えなくて「仕事の話はしたくないから」と言うとそれ以降は一切聞いてこない。

「別に」

「そんな時は遠慮なく言ってくださいね」

男はニコリと笑った。

「今日は天気もいいし。里見さんはどこか行きたい場所はありませんか？」

灰色のセーターに茶色のパンツ、クリーム色のコートとどことなく野暮ったい男が、向かい側から聞いてくる。ふと、朝見ていたテレビを思い出した。

「海に行きたいかな」

「海、ですか」

気まぐれな思いつき。そのまま店を出て、南に向かう電車に乗った。三十分ぐらいガタゴト揺られ、バスに乗り換えて十五分。ようやく小さな砂浜がある海岸に着いた。

テレビで見たのは沖縄の映像で、赤い花が咲いて、海は底が抜けるほど青かった。けれど冬の終わりの海は薄汚れたような灰色で、人っ子一人いない。青い色をイメージしていたせいか、暗く穏やかに荒れる波飛沫《しぶき》を見ながら浩一は正直、がっかりした。自分から来たいと言っておいてすぐ「帰ろう」とも切り出せず、浩一は波打ち際から遠い砂浜に腰を下ろした。

隣の男はバスの窓から海が見えはじめた頃から妙に落ち着きなくそわそわとしはじめて、砂浜に降りると同時に靴を脱ぎ、一人で波打ち際まで歩いた。打ち寄せる波に足跡が消えて、波が引いて、規則的な間隔の中でじっと立ち尽くす。まるで置き物みたいに、ピクリとも動かない。何が面白いのか、そう思って見ているうちに男は浩一のそばに戻ってきた。

「寒くないの」

紫色の唇が小さく震えながら「寒いですよ」と呟いた。

「なんだか懐かしくて」

「海が?」

男は浩一の隣に腰を下ろすと、砂にまみれた青白い足先を軽く擦った。

「中学を卒業するまで、海のそばに住んでいたんです。寝ていると波の音が聞こえるぐらい近くに。高校に進学する時に家を離れて一人暮らしを始めて、ずっと海のそばに住んでいたことを忘れていました」

「ふうん」

「波の音が懐かしくて」

震えながらも、男は嬉しそうに灰色の海をじっと見つめた。

「高校から一人暮らしだったってことは、家から遠い高校へ進学したってこと?」

「地元を離れたかったので、遠くの高校を選んだんです」

「どうして？」

問いかけに別に深い意味はなかった。何かまずいことを聞いたかなと察したのは、男が黙り込んでいることに気づいてからだった。

「話したくなかったら別にいいよ」

最大限に気をつかった言葉に、男は苦笑いした。

「好きな人がいたんです。中学校の同級生で、親友でした。好きで好きでたまらなくて、でも男が好きだなんておかしいって自分でわかっていたから悩んで。結局、距離を置くことしか思いつけなかったんです」

急に波の音が大きく聞こえた。今の今までこの人は男を好きになれる人で、その範囲内に自分もいるんだということをすっかり忘れていた。男は斜めに浩一を見上げた。潤んだような色気のある眼差しに、ゴクリと喉が鳴る。

「……気を悪くしましたか」

「別に」

男の視線がスッと逸らされたことに、内心ホッとした。けれど絡みつくような視線の余韻が浩一を落ち着かなくさせる。組んだ膝《ひざ》の上に両手を重ね、顎《あご》を乗せる男の姿は歳に似合わず幼く見えた。首筋も指先も白くて、男にしては細すぎる気がした。顔も地味だけど、整っている。甘い蜜に吸い寄せられる蜂《はち》のようにふらりと顔を近づける。男は瞬きを一つしたあと、眼鏡を取りすっと目を閉じた。

そんな男の行為に目が覚めた。慌てて体を引き距離を取る。重ならない唇に男も目を開け、からかわれたと思ったのか、一瞬だけ傷ついた表情をした。

その顔に浩一も傷ついた。キスぐらいしてもよかったかな、そう思った自分が怖くなる。キスぐらいと言っても、相手は可愛い女の子じゃない。以前の自分からは想像もつかない不可思議な気持ちに、頭の中がグルグルする。

お互いに前を向いたままだった。気持ちが落ち着いて、海から吹いてくる風が少し冷たいと思うような余裕がでてきて、チラリと隣を盗み見ると、男は指先で砂を搔《か》いていた。細くて長い指だった。その手に触れてみたくて、そんなことをしたら変に期待させるのがわかっていたけれど、我慢できなくてそっと触れた。男の指先が止まり、少し引いて浩一の指先を軽く握り込んだ。

男は浩一を見なかった。うつむき加減にずっと海を見ていた。


昼の学食は殺人的に混雑する。食券と引き換えにうどんとオムライスを受け取った浩一は、生徒の波を避けて窓際の席へと急いだ。先にテーブルを確保していた柿本は「ご苦労」そう言って、オムライスのトレイを受け取った。

「どうしていつも俺ばっかり取りに行かないといけないんだよっ」

向かいに腰掛けると同時にぼやいた浩一に、柿本は「お前がジャンケンに負けるからだろ」と涼しい顔で言ってのけた。好きで毎回ジャンケンに負けているわけじゃないぞと思いつつ、うどんを一口啜る。

「なんかこれ、味が薄い」

柿本は「いつものことだろ」と取り合ってくれず、浩一はテーブルの中央にあった七味を大量に振りかけた。超がつく甘党で、学食のカレーライスでさえ食べられない柿本が信じられないといった表情で眉をひそめる。

窓際の席は思いのほか日差しが暖かかった。ふと、凍えるほど寒かった砂浜を思い出す。

「そういやお前、昨日家にいなかっただろ」

柿本がオムライスのケチャップを丹念に伸ばしながら聞いてきた。

「兄貴が試写会の券をくれたんだけど、昨日までだったんだよな。二枚あったし、お前が暇してたら一緒にどうかと思ったけど、おばさんが昼前に出掛けたって言うからさ」

「あ、うん」

「何回かかけたんだぞ。ミラコビッチ監督のヤツ、お前も見たいって言ってただろ。どこ行ってたんだよ」

下手な嘘はアリ地獄式の深みにはまりそうな気がして「海」と素直に返事をした。

「海？　一人でか」

目を合わせないようにして「そう」と呟く。

「何しに行ってたんだよ」

「別に理由なんかねえよ。急に海が見たいなーって思ってさ」

わざと軽い感じで言ってみたものの、柿本がじっとこちらを見ているので落ち着かない。

「ひょっとして、遠藤とデートしてたのか？」

「そ、そんなんじゃねえよ」

慌てて否定すると、見透かすような目とかち合った。

「そうだよな。遠藤とだったら隠す必要なんてないだろうし」

気まずさを誤魔化すように、浩一は七味で汁が真っ赤になったうどんを箸《はし》で掻き混ぜた。

「……まさかあいつと会ってんじゃないだろうな」

「あいつって誰？」

惚《とぼ》けてみても、うどんがなかなか喉を通らない。

「例の手紙の男だよ」

「あ、あれね。あれはもういいんだよ」

「ちゃんと断ったのか」

「……うん」

柿本は「ふうん」と鼻を鳴らしたあとで「相手の奴、怒ってなかった？」と聞いてきた。

「それほど」

「なんて言ってた？」

「特に何とも。そうですかって感じで」

気まずい沈黙のあと、柿本はズバリと言ってのけた。

「お前、本当はそいつに断ってないだろ」

図星を指され、喉がゴクリと鳴った。

「昨日もそいつと会ってたんじゃないか」

「どっ、どうして知ってんだよっ」

まんまと誘導尋問に引っかかった。「しまった」と思ってももう遅い。柿本が「お前なあぁ」と渋い顔をする。もう隠しきれない。浩一はうつむいたまま「そうだよ、会ってた」と半ば開き直って答えた。

「何考えてんだよっ」

「言っとくけど、俺から誘ったことはないからな。ずっと断ろうと思ってたんだけど、いつもタイミングが悪くて……」

「お前、正気か？　そいつは単純にお前と『友達』になりたいわけじゃないんだぞ！」

真剣な表情の柿本に、浩一は逆に違和感を覚えた。

「向こうがいくら言い寄ってきても、要は俺次第だろ。その気になんなきゃいいわけだし、まだ手しか握ってないし」

「だからっ」

学食ということも忘れたように、柿本のボルテージが上がっていく。

「お前、ふだん俺の手なんか握りたいと思うか」

浩一は大きく首を横に振った。

「思わないだろ。手ぐらいいいかって思うこと自体、おかしいんだよ」

まさか、と笑ったけど頬が強張った。キスしてもいいかと思ったことを思い出したからだ。

柿本がじっと浩一の顔を覗き込んできた。

「正直、お前はそいつを気持ち悪いと思うのか？」

「思うわけないだろ。だって見た目は普通の人だし、そんな看板しょって歩いてるわけでもないし……」

柿本はハーッとため息をつくと、頭をガリガリと掻いた。

「嘘ついて手紙を出したってことさえ言えない相手に、好きだって迫られてお前断れるの？現に手は握ってんだろ。そのうちキスぐらい、抱き合うぐらいいいかってエスカレートしてくぞ。マジ、やばいぞ」

やばい、やばいと連呼されるうちに、絶対に自分は大丈夫と根拠もなく確信していた部分が揺らぎはじめる。

「……あのさぁ」

声をひそめ、親友の耳許に呟く。

「俺、あいつに迫られたら『仕方ないから、やってみよう』って思っちゃうかな？」

「そんなん俺がわかるわけないだろっ」

柿本は吐き捨てた。

「冷たいこと言うなよ」

「俺はお前と十七年付き合ってきたけど、男とデートするようになるとは思わなかった。だからその先のお前の行動も予測できない」

きっぱり断言され、情けなくなった。

「俺、そんな信用ないのかよ」

「信用なくすようなことをするからだ、アホ」

それきり柿本は不機嫌に黙り込み、男の話題は途切れた。昼休みの間は声もかけられないほどピリピリしていたくせに、放課後になったら「ほら、帰るぞ」と声をかけてくるあたり、柿本の後腐れない性格を表していた。

帰り、男の話は一切出なかった。出なかったけど、浩一は頭の片隅で男との次の約束をどうするか、真剣に考えていた。

四度目の約束も日曜日だった。約束したのは前の日曜日で、別れ際に「来週も会えますか」と聞かれて、予定もなかったし「多分」と答えた。男は「同じ時間に、あの店で待ってますね。もし都合が悪くなったら、教えてください」とニコリと微笑んだ。

日曜日までにケリをつけるつもりだったのに、声を聞いたら断れなくなりそうで電話をかけられなかった。当日になっても連絡できず、かといってのこのこ出掛けていったらいつも通りに遊んでしまいそうな気がして、酷《ひど》いやり方だと思いつつ待ちぼうけさせた。男は浩一の電話番号を知らないから、連絡の取りようがない。放っておけばこのまま自然消滅する。そうさせようと思った。

約束を破った日曜日は、一日中気が気じゃなかった。最初の時みたいに男があの店で何時間も待っているような気がして、想像すると居たたまれなくて、一日中罪悪感との闘いだった。でも一日過ぎると罪悪感に隙間《すきま》ができた。二日過ぎるともう少し平気になった。この調子だと自然な形で男と別れられそうな気がした。

……男の姿を見かけたのは、約束を破った日から数えて二週間目だった。友達が購買のパンを買うのに付き合った帰り、視聴覚室の前ですれ違った。男は背を丸めてうつむき加減にまっすぐ歩いてきて、浩一は避けたりうつむいたりしなかったのに、気づかなかった。まるで他人みたいにすれ違った。

砂浜で見た横顔は、ドキドキした。どうして男のくせに色っぽいんだろうと思った。だけど今すれ違った男は、どこにでも落ちてそうな、野暮ったい影の薄い男だった。すれ違ってすぐに立ち止まり、振り返る。丸い背中がちょうど、渡り廊下に向かって曲がるところだった。

「何してんだよ、里見」

男が振り返る気配がして、慌てて前を向いた。足早に教室に向かいながら、ばれたかもしれないと焦った。昼からの授業、休み時間は男が自分を探しに教室へ来そうな気がして、そわそわと落ち着かなかった。だけど放課後まで教科担当の教師と担任以外は教室に顔を出すこともなく……男はやってこなかった。

ばれてなくてよかったと思ったのも本音なら、見つけてもらえなくてガッカリしたのも本音だった。本当はどうなんだと自分に突っ込みを入れても、曖昧な気持ちにちゃんとした答えが出るわけもなかった。

電話をかける前に、親友の顔が頭に浮かんだ。「お前は究極の馬鹿だよ」頭の中の柿本のイメージはそう言っていた。

付き合いを断る電話はできなくても、ちょっと話をしてみたいという他愛のない衝動だったら電話をかけられるんだと思うと、不思議な気がした。

「この前は、その……約束を破ってごめん」

電話に出た時の声は普通だった。だけど浩一が第一声を発して以降は無言で、喋っても相槌の一つも打ってくれなかった。いつもなぜか困ったような、だけど優しい声で訥々《とつとつ》と喋るのに、ここまで不機嫌な態度を示されたのは初めてで焦った。

「えっと、あの日は用があって……」

ついた先からばれるような嘘は、口にするだけ白々しい気がする。いくら用があっても、行けないなら普通、連絡の一つぐらい入れる。現に男は「都合が悪かったら、連絡をください」と言っていたのだから。約束を破ったとしても、当日か翌日には謝りの電話を入れるべきで……二週間以上も経《た》ってからというのは、いくらなんでも遅すぎる。

「……あのさ、怒ってる?」

電話口の男が、笑った。

『別に怒ってませんよ』

怒ってないと言いつつ、男の声には棘《とげ》があった。

『里見さんがどういう気持ちで僕と会ってくれていたのかわかりませんが、もう会わないほうがいいんじゃないかと思います』

「どうして」

短い沈黙があった。

『里見さんは、本当は僕と会いたくなかったんじゃないですか』

「別に……」

『会いたくないとまではいかないとしても、僕と付き合っていこうという気はないんですよね。それならこれ以上会っていても意味がないし、僕も里見さんに過剰な期待はしたくない。だからもうこれでお終いにしてください』

約束をすっぽかしたことを、二週間も連絡しなかったことを男は怒っていた。そして男がここまで怒りを露《あらわ》にしていることに驚いた。普通、あんな風なすっぽかし方をしたら誰だって怒るのが当たり前なのに、浩一は男が怒っていると思ってなかった。いつも優しかったから、理由なんて言わなくても何となく許してくれるような気がしていた。

言い訳もできない沈黙。ピリピリした緊張感が張り詰めている。浩一も男も、互いに喋らないのに電話を切らなかった。受話器越しに、相手の息遣いだけが伝わってくる。

「この前の日曜日、俺のこと待ってた？」

『待ちましたよ。でも一時間も店にはいませんでした』

「……半日とか、待ってたんじゃないの？」

最初のイメージにダブらせてそう言うと、息を呑む気配がした。

『……見てたんですか』

「そうかなって思っただけ」

『そんな風に試されるのは不愉快です』

おとなしい男の感情が見える。怒って、戸惑《とまど》って、悔しがってる。声から伝わる気配だけじゃなく、顔を見たいと思った。もう夜なのに、いい時間なのに会いたい。日曜日じゃなくてもいいから、会いたい。今すぐ、会いたい。

「すごく会いたい」

『僕は会いたくありません』

鉄みたいにカチカチした声だった。

「今から『ルーエ』に行く。来るまでずっと待ってるから」

早口に喋って、こちらから電話を切った。男の返事を聞かずに切った。あの男が、見ず知らずの男を半日も待てるような男が、自分が来ると知っていて放っておくことは絶対にない。確信があった。


いつも自分が知っている、ラッシュアワーの混雑した電車と違って、午後十時を過ぎた車内はスーツ姿のサラリーマンが多かった。浩一の目的地である、繁華街に近い駅で降りる人は少なく、構内も閑散《かんさん》としている。昼間は暖かくても、夜はまだ寒くてブルゾンの前を無意識につかんだ。

家から駅まで、電車を降りてからも走った。息切れしながら角を曲がり、見上げた場所にあるはずの明かりが消えていることに驚いた。ビルの二階にある喫茶店の窓は暗かった。夜中の二時まで営業している店だから、閉まっているはずはないと決めてかかっていた。

スピードの落ちた両足で、店の入り口へと続く階段へ向かう。階段の前はシャッターが下ろされて、その前に黒い人影があった。自分のほうが先に着くと思っていたから、男に先を越されてきまりが悪かった。

目の前に立っても、男はうつむいたまま顔を上げなかった。昼間見た時と同じ服装。寒いのに、セーターの上には上着も着てなかった。

「あの、ごめん。急に来いみたいなこと言って」

筋張った指が不意に髪を掻いて、軽く握り込まれた。そうしたあとでようやく、男が顔を上げた。

「……また、一人で待たされるのかと思いました」

陰鬱《いんうつ》な声でそう告げたあと、男は口許だけで笑った。

「僕が来なかったら、ずっと待ってるつもりだったんですか。この前の僕みたいに」

「来ないと思わなかったから」

思わず洩れた本音に、男は浩一を睨みつけて「すごい自信ですね」と呟いた。こんなに怒っている男を、今まで見たことがなかった。頬が微熱を帯びたようにうっすら火照《ほて》り、声も体も細かく震えている。全身から、静かに怒りのオーラが出ている。

「言わせてもらってもいいですか」

男は前置きした。

「電話でも言いましたが、その気がないのなら期待させるようなことはしないでください。気まぐれに会おうと言われたり、すっぽかされたりするのは我慢できません。駄目なら駄目、嫌なら嫌だとはっきり言ってください」

今までもわかっていたはずなのに、唐突に染みこんできた。この男は自分のことを好きなんだと。電話で話していても、会うのはこれで四度目だし、深い話をしたわけでもない。それでもこの人は自分のことを好きになった。気恥ずかしいような、それでいてむず痒いような甘酸っぱい気持ちが全身を駆け巡る。

「俺からの電話、ずっと待ってた？」

「僕の話をきちんと聞いてくれていますか」

泣きそうにかすれた声だった。握り締めた手のひらが細かく震えている。

「俺のこと、好き？」

男は唇を噛んで、浩一を睨みつけた。

「……聞いて、どうするんです」

どうして聞いたのか、睨む男を前に考えた。そもそも呼び出した理由は何だっただろう。もう一度会いたかったから？　会うだけなら、一方的に見るだけならできたはずだ。一年生の、男が担任をしている教室の前に行けばそれでいいんだから。けど話がしたかった。どんな話を？　お互い「嘘つき」の身で、個人的なことを喋るのは極力避けてきた。意味がないとまではいかなくても、どうでもいいことばかり喋ってきた。

男は親指の爪を嚙んだ。カチカチと音がする。神経質な仕種。白くて細い指……。

「手に触ってもいい？」

男は無意識の自分の仕種に気づいたのか、慌てて爪を嚙むのをやめた。浩一が腕を伸ばすと嫌がるように両手を背中に隠した。それでも触れようと男の背中に腕を回す。距離がなくなる。

唇までわずかだった。男は浩一を睨みつけたままで、顔を近づけても目は閉じない。唇に触れたくて、顔を近づけたら鼻先がぶつかった。男が眉間に皺を寄せたままぎゅっと目を閉じる。もう一度チャレンジしてみたもののやっぱり鼻が邪魔で、ちょっと顔を斜めにしたら近づけたけど、今度は眼鏡が障害になった。こういう場合、どうやったらキスができるのか……浩一は両手で男の顎を引き上げて、上向きにしたそれに唇を押し当てた。

柔らかく湿った感触に驚いてすぐに離れた。唇を嚙んでうつむく。何か、やばい……心の中で呟く。もう一回キスしたい。ぎゅっと抱き締めてみたい。胸が騒ぐ。まるで嵐の前みたいに、ざわざわと落ち着かない。こんな風に感じる初対面の自分を、妙に生々《なまなま》しさの混じる衝動をどう処理すればいいのかわからない。こんな気持ちは知らない。

男はうつむいて、唇を手のひらで押さえていた。尖った耳の先は真っ赤だった。見ているうちに浩一まで恥ずかしくなって、火照る頬を片手で押さえた。

「また会ってよ」

今の浩一にはそれを言うのが精一杯だった。

「僕はもう待ちたくない」

男の声は消え入るように小さかった。

「待たせないようにする」

自分を見上げた目は心なしか赤かった。不意に男は浩一の左手をつかんだ。返事の代わりに、約束を確かめるように、強く強く握り締めた。

日曜日が待ち遠しくて、とうとう待ちきれなくなった。浩一は母親が夜勤でいない平日の夜も男と会うようになった。会っても喫茶店で一、二時間ほど一緒にコーヒーを飲む程度。それでもまめに出掛けていった。会ったあとは必ずキスした。人に見られないように、隠れて。鼻や眼鏡にぶつかるような失敗はもうしない。触れるようなキスは何度も繰り返すうちにそれだけじゃ焦《じ》れったくて、物足らなくなった。

ディープキスなんて話は聞いていても、具体的にどうすればいいのかよくわからない。最初の時みたいな間抜けな失敗もしたくない。かといって練習できるはずもない。喫茶店での短いデートの帰り、公園の茂みにもぐり込んでキスしたあと、浩一は小さな決意を胸に腕の中で縮こまっている人に「口開けて」と呟いた。

目を閉じたまま、唇が薄く開く。もう一度キスして、浩一は舌を差し込んだ。途端、抱いていた体が強張って震えた。舌先で、相手の中をおそるおそる探《さぐ》っていく。男の息遣いが忙《せわ》しくなり、それまでキスしていても聞いたことのなかった、ため息のような吐息が響いた。甘い声で「んっ」と囁かれているうちに、それがモロ下半身を直撃してヤバイ状況になってくる。駄目だとわかっていても、口腔《こうこう》を探ることも、抱き締めることもやめられなかった。ようやく奥から出てきた舌をすくいとって、絡める。抱きたいと思ったのはこの時だった。裸にしても自分と同じ男の体。わかっていても、見てみたい。抱き合ってみたい。

キスしたあと、下半身の興奮がおさまるまでしゃがみ込んだままじっとしていた。夜の冷たさと過ぎていく時間が体の火照りは冷ましていくけど、胸の奥でくすぶるものまでは落ち着けてくれなかった。

男は浩一の前で、赤い顔で目を伏せていた。キスしたあとの横顔はひどく色気があって、綺麗で、そんなことをしたら逆効果だとわかっているのに、何度も触れるだけのキスをした。止まらない衝動……もっともっと、底なしに欲しがる。恋が、こんなに貪欲《どんよく》なものだと浩一は今まで知らなかった。

三学期の終業式が終わったその日、いつもより長めのホームルームが終わったあと、浩一は手早く荷物を纏《まと》めて、他の生徒と話している柿本に「俺、先に帰るから」と声をかけて教室を出た。

「ねぇ、里見君」

声をかけられて振り返る。遠藤が近づいてきて「急いでるの？」と聞いてきた。

「あ、うん。ちょっと」

午後から男と映画を見に行く予定だった。午後三時にはまだ二時間以上あるけれど、一度家に帰って、飯食って着替えてから、電車で出掛けて……と考えているとあまり余裕もなかった。男に「待たせない」と約束してから、浩一は待ち合わせに遅れてないし、遅れたくなかった。

「話したいことがあるんだけど」

少し前までは何よりも魅力的だったその大きな瞳も、今は少しぼやけて見える。もっと胸を騒がせる顔を、震える背中を知っている。

「悪いけど、ホント急いでるからさ。なんなら今日帰ってから電話しようか？　夜になっち

ゃうけど」

返事がない。浩一は腕時計を覗き込んだ。十二時十五分の電車に乗るとして、駅までの距離を考えると、そろそろタイムリミットになる。

「誰かと約束してるの」

上目遣いに、そう聞かれた。

「そうなんだよ、待たせると悪いからさ」

遠藤はじっと浩一の目を覗き込んだ。

「誰と会うの」

急いでいると言っているのに、まるで聞いてないふりで遠藤は話しかけてくる。時間がないのに……そう思うと、段々と目の前の女の子が鬱陶しくなってきた。

「遠藤の知らない人だよ。じゃあな」

「高橋先生に会うんでしょ」

不意を突かれ、息を呑んだ。驚くと同時に、どうしてこいつが知っているんだろうと恐ろしくなる。柿本にだってそいつと続いてるなんて、しかもこの学校の教師だとは話してない。浩一は遠藤の顔を穴があくほど凝視《ぎょうし》した。喉が渇く。

「……お前、何言ってんの？」

誤魔化そうとしたのに「嘘ついたって駄目よ」と睨まれた。

「だってこの前、見たもの」

聞くのが怖かった。何を見たのか、何を見られたのか。

「先生と里見君がキスしてるとこ。先週の土曜日、市ノ橋《いちのはし》の駅前にいたでしょ」

人目《ひとけ》も憚《はばか》らず言ってのける遠藤の腕をつかんで、浩一は人気のない北階段の踊り場まで連れていった。教室の中にはまだ生徒が残っていて、誰に話を聞かれるかわからなかった。

踊り場で向かい合う。遠藤は両手を後ろに組んで首を傾げた。

「やっぱり付き合ってたんだ。あの手紙の相手って先生だったんじゃない。どうして今まで教えてくれなかったの」

男と付き合っていると、それを公言して回れるほど、前に好きだった女の子に言えるほど図太くはなかった。好きだという気持ちを認めて素直になっても、周囲から変な目で見られるのは嫌だったし、男同士ということにはやっぱり羞恥心《しゅうちしん》があった。

「どんな心境の変化で男の人と付き合おうって気になったの？　それとも里見君って最初から男の人のほうが好きなの？」

遠慮のない言葉の一つ一つが胸に突き刺さる。もとから男が好きなわけじゃないし、どうして好きになったか、キスしようと思うようになったのかは、自分でもわからなかった。誰でもいいわけじゃない。同じ男でも柿本とはキスしようなんて微塵《みじん》も思わない。あの人だったから……。

「話してよ。私は嘘つかれたんだから、それを聞く権利はあると思うわ」

「話したくない」

短く答え、うつむいた。面白半分、興味本意の瞳を見るのが嫌だった。話を聞いてどうするんだろう。面白がって、笑うんだろうか。そう考えると気分が悪くなった。「ねえねえ」と促《うなが》されても貝のように口を閉ざしているとフッと呆《あき》れたようなため息が耳に響いた。

「いいよ。里見君が話してくれないんなら、先生のほうに聞くから」

くるりと体を翻《ひるがえ》した遠藤の手首を、浩一は慌ててつかんだ。男に話を聞くなんて冗談じゃなかった。浩一が職場である高校の生徒だということも、自分の嘘が最初っからばれていることも男は知らない。こんな風に事実を知らされたら、ショックを受けるに決まっていた。

「痛っ」

悲鳴のような声を聞いても、つかんだ手は緩めなかった。

「絶対にあいつのとこに行ったりするなっ」

「話を聞くだけじゃない。どこがいけないのよ」

「駄目ったら駄目なんだよっ」

ふうん、と遠藤は鼻先から抜けるような声を出した。

「本気なんだ。変なの。……男同士なのにキスするのって、気持ち悪くなかった？」

頭を殴られたような気がした。最初は浩一も同性でキスする、抱き合うなんて気持ち悪いと思っていた。だけど気づかないうちに、自分の中のタブーをあっさりと乗り越えていた。好きだからキスしたいと思う、そのことになんの疑問も抱かなかった。

遠藤からしてみれば男同士のキスなんて気持ち悪いとしか映らない。自分の気持ちなんかわかってはもらえない。今頃になって柿本の言葉を思い出した。

『本気の人間をおもちゃにするのはよくない』

よくわかる。今ならその言葉の意味がよくわかる。

「話してくれないのなら、クラスのみんなに言っちゃおうかなあ。里見君が男と、それも同じ学校の先生と付き合ってるって」

冗談かもしれなかった。だけど浩一にはそれを冗談だと受け止める余裕はなかった。遠藤の両腕をつかんで乱暴に壁に押しつける。黒目がちの瞳が大きく開き、つかんだ両手が細かく震えた。高い音をたてて、息を吸い込む音がする。

「そんなことしたら、絶対に許さないからなっ」

ピンク色の唇が、震えながら動いた。

「なに本気になってんの。馬っ鹿みたい」

怖がって、だけど強がった一言だとわかっていても、頭にキた。遠藤の顔の真横にある壁を力任せに叩いた。全身でビクンと震えた遠藤は、うつむいて、そしてじわじわとしゃがみ込んだ。顔を隠す。丸くなる背中が大きくしゃくり上げる。

泣き出した女の子を残して、浩一は階段を降りた。泣かせて悪かったとは思わなかった。ただ、怒りだけが体の中をガンガン走り回っていた。

会う前はいつも嬉《うれ》しくて、顔を見たらそれだけでいい気分になれた。一緒にいると「キスしたいな」と思ったし、優しい笑顔を見るたびに胸が騒いだ。だけど今日はとてもそんな、のんびりした気持ちにはなれなかった。

浩一《こういち》の態度がいつもと違うことに、男もすぐ気がついたようだった。話しかけても上《うわ》の空《そら》で、ろくに返事もしない。「え、今なんて言った？」と聞き返したことも、一度や二度ではなかった。最初のうちこそ頻繁《ひんぱん》に話しかけてきた男も、浩一が少しも乗ってこないのでそのうち何も喋《しゃべ》らなくなってしまった。

映画館に入ってからは、一言も口をきかなかった。コロコロと変わるスクリーンの画面を目で追いながら、浩一は昼間の会話を繰り返し思い出していた。

遠藤《えんどう》は泣いていた。いくら腹が立ったとはいえ、自分があんな風に女の子を泣かせてしまうなんて思わなかった。怒鳴《どな》らなくたって、言わないでくれってお願いしたら、本気で話したら、遠藤だってわかってくれたかもしれない。乱暴な行為を自己嫌悪する。

だけど遠藤だってひどかった。「男同士なのにキスするのって、気持ち悪くなかった？」

と面白半分にからかってきて、馬鹿にした。被害者のふりをして落ち込んで、そしてふと気がつく。

自分だってそうだったじゃないかと。ホモ雑誌に掲載されていた恋人募集の欄を読んで、容赦《ようしゃ》なく笑ってた。男に会って、夢中になって、好きにならなきゃ今でも「気持ち悪い」と言っていたに違いなかった。好奇心いっぱいの瞳で。

好きになっただけなのに、それだけなのに苦しい。考えることが増えて、怒りっぽくなって、誰かを傷つける。自分が変わっていくような流れは、少し怖い。それなのに不思議と好きになるのをやめようとは思わない。

隣を見ると、男はスクリーンをぼんやりと眺《なが》めていた。見入っている風でもなく、本当にぼんやりという言葉があてはまる。眼鏡の硝子《レンズ》に、映像が反射して動く。椅子の肘《ひじ》掛《か》けに置かれていた男の手を握った。全身でビクリと震えてからこちらを向いた男は、しばらくじっと浩一を見つめたあとで顔を伏せた。それから映画が終わるまで、男は一度も顔を上げなかった。

映画が終わると、夕方だというのにあたりはすっかり暗くなっていた。ファーストフードのチェーン店で軽く食べたけれど、学生の姿が多く騒がしくて、ゆっくり話をする雰囲気にもなれなかった。男は居心地《いごこち》悪そうに背を丸め、食も進まないのかポソポソとハンバーガーを齧《かじ》って、結局半分ぐらい残した。

店を出てから、点々と街灯がともる線路沿いの道を話もせずにゆっくりと歩く。そうしているうちに、まだ帰るつもりもなかったのに駅の前まで来ていた。構内へ入る数歩手前で立ち止まる。今日はまだキスもしてなかった。

「中に入って、切符を買わないんですか」

男が聞いてくる。浩一は駅には入らず、右手にある高架線の下まで歩いていった。背丈が低く角が丸い鉄柵《てっさく》に腰掛ける。男は向かいに立って、所在なさげにうつむいた。目の前でだらんと垂れ下がっている右手を握ったら、震えて体を引くような素振《そぶ》りを見せた。

「誰か、人が来るかもしれません」

聞かなかったふりで力を込めた。見られてもいいじゃないかと、どうしてそんなこと気にするんだろうと、怯《おび》える男がひどく歯がゆくなった。今だったら、物陰でなくても、人がいても自分はキスすることができる。

「あのね」

男が顔を上げた。そこにはまだ、繋《つな》いだ手を気にした戸惑《とまど》いが浮かんでいた。

「部屋を見てみたいんだけど」

住んでいるアパートがこの近くにあるというのは、以前聞いたことがあった。男は途方に暮れた顔でうつむいた。

「今日はもう遅いですから」

小さな声で、遠慮がちに断られる。

「ちょっとでいいよ」

「朝にバタバタしていて、散らかってるんです。また今度にしてください」

ため息のような、疲れたような声だった。

「今日見せてくれなかったら、もう二度と会わないって言ったらどうする？」

男は浩一を見下ろした。悲しそうな目だった。高架線を走る電車の音が、うるさく響く。

「それは脅迫《きょうはく》ですか」

返事はしない。男が自分を好きで、すごく好きで、そんなことを言われたら、きっと部屋へ連れていかざるをえなくなるだろうとわかっての言葉だった。姑息《こそく》だと思われても、どうしても部屋へ行きたかった。

「……本当に、本当に少しだけですよ」

了承の言葉は、決して歓迎している口調じゃなかった。


歩いて十分ほどの場所に、男の住む鉄筋四階建てのアパートはあった。大きな川の堤防沿いに建てられているせいか、吹く風は冷たく、思わず身震いするほどだった。

男の部屋は三階で、エレベーターがついていないというので、電灯の暗いコンクリートの階段をゆっくりと上った。鍵穴にキーを差し込む時、男は躊躇《ためら》うような素振りを見せたものの、結局ドアを開けた。

パチリという音とともに照らし出された部屋は殺風景で、想像以上に狭かった。二畳の台所の向かいにバス、奥に六畳の和室。散らかしていると言っていたのに、中は綺麗《きれい》に片付けられていた。片面の壁には壁全体を覆《おお》うほどの大きな本棚《ほんだな》が二つあり、その中には文庫や新書がぎっしりと詰め込まれ、それでもはみ出した本が部屋の隅に積み重ねられていた。

「すごい本だ……」

「読書が趣味ですから。コーヒーでもいれます。適当に座っていてください」

そっけなく言い残して台所に消えた男を追いかける。背後に立っても男は振り向かなかった。ケトルからあふれた水がシンクに勢いよく流れていく。しばらくしてようやくその現象に気づいた男は慌《あわ》てて水道の蛇口を締めた。

「帰りたくないって言ったら、どうする」

右手でつかんでいたケトルはシンクで引っくり返って、せっかく溜《た》めた水が零《こぼ》れる。男は両手をシンクの端について、震えながら「困ります」と消え入るような声で呟《つぶや》いた。困ると言っても、嫌だとは言わなかった。体から噴き出す衝動のまま強引に振り返らせ、抗《あらが》う腕ごと閉じ込めるようにして抱き締めた。

「キスしていい？」

「や、やめてください」

「どうして」

唇はもう十センチも離れていない。腕の中で固く体を強張《こわば》らせる、怯えきった目を見ないふりで唇を合わせた。邪魔になる眼鏡をはずして、深く舌を差し込む。離れようとする男を押さえつけて、キスを続けた。温《あたた》かい口腔《こうこう》の中に男を探す。奥で小さくなる男の舌を撫《な》でて、絡める。まるで手を引かれる子供のようにおずおずと男は浩一に応《こた》えた。

誰にも見られない、部屋の中だということが気持ちを暴走させた。見たい、触りたい、素直な衝動のままシャツをスラックスから引き出して、直《じか》に上半身に触れた。細い体がビクリと跳ね上がる、そんな反応さえ気持ちを昂《たかぶ》らせた。温かい肌は少し湿って、指先に吸いつく。脇腹を撫で、親指が胸の小さな突起に触れた途端、男が急に抵抗した。本気で嫌がっている素振りに、浩一も距離を置かざるをえなくなる。

男はシンクを背にしゃがみ込む。はだけたシャツを必死に掻き合わせ、右手で口許《くちもと》を押さえたまま小刻みに震えた。

「あの……そんなに触られるの、嫌だった？」

「できない」

男は小さな声でそう答えた。

「君とはできない」

何を聞いても「できない」の一点張り。できない理由を知りたくて「どうして」としつこく聞き続けているうちに、男はとうとう頭を抱え込んだ。

何を考えてるかわからない、ただ小さくなる男にどうやって近づいていけばいいのか迷って、両手に覆われた頭の後ろ側ばかり見つめた。背中がずっと震えて、止まらなくて、見ているうちになんだか無性に可哀相になって、そっと撫でた。最初はよけいに震えがひどくなったけど、そのうち小さくなり、震えが止まった。浩一はまるで子供相手のように辛抱強く待った。男が顔を上げるまで。もう一度自分を見るまで。長い時間をかけて男がようやく顔を上げ、そして浩一から距離を取った。

「僕は君に謝らなくてはいけないことがあります」

男はきつく目を閉じた。

「名前も、サラリーマンだと言ったのも、全部嘘《うそ》です」

告白する男の顔は、幽霊みたいに青ざめていた。

「どうして嘘をついたの？」

男が怯えないように、何もかも吐き出せるように優しく聞いた。

「僕は臆病《おくびょう》なんです。人に嫌われるのが怖い。誰かと付き合っても、いつか終わる日のことを考えたら怖くてたまらない。だからこの歳《とし》まで誰とも付き合ったことがありませんでした。それでもいいと思ってたんです。どうせまともな恋愛ができないのは目に見えてまししたから……」

　自分の声を聞きたくない、そんな仕種《しぐさ》で男は自分の両耳をふさいだ。

「前に話したことがありますよね。僕が好きだった親友の話。彼、結婚したんですよ。その話を聞いた時にやっぱりショックで、これからも僕だけがずっと一人だと思うと寂しくてたまらなくなって、あの雑誌に手紙を出したんです。最初は嘘をつくつもりはありませんでした。だけど君は五歳も年下だったから、手の内を見せて恋愛するのが怖かった。最初から上手《うま》くいくなんて思ってなくて、軽い気持ちで嘘をついたんです」

　男の両目からぼろりと涙が零れた。

「だけどもう駄目です。いくら嘘をついても僕は傷つきます。毎日、君のことばかり考えているのに、仕事もまともに手につかないのに。今日だって無視されたり、急に手を握られたり……君の気まぐれに振り回されて頭がおかしくなりそうだった。このまま深い関係になったら僕は自分がどうなるかわかりません」

　可愛いとか、愛しいとか、そんな気持ちがあふれてもうどうしようもなくなって抱き締めた。涙に濡《ぬ》れた頬《ほお》にもかまわず、何回も何回もキスした。

「あ、呆《あき》れたでしょう」

　男が、溺《おぼ》れかけた人のように強い力で背中にしがみつく。

「だけど……どうか、嫌わないでください」

唇をふさぐ。まさぐる。嵐のように性急に欲しがる浩一を男はもう拒まなかった。震えていてもしがみついてくる指先に、こんな時なのに、男が好きな人を忘れたくて地元を離れたと言っていたことを思い出した。どんな気持ちで別れることを決めたのか。やっぱり泣いたんだろうか。ふと、見たこともない男の初恋の相手に猛烈に嫉妬《しっと》している自分に気がついて、浩一は苦笑いした。

お互い全裸で抱き合った。服を脱ぎ捨てた男は肌が白く、とても細かった。強く抱き締めたら、背中が折れそうな気がした。胸は平べったくて、もちろん膨《ふく》らみはないけど、白い肌に映《は》える淡い色の乳首は、ひどくいやらしかった。胸に顔を押しつけて強く吸ったら、両手を口許にあてがって必死で吐息を堪《こら》えていた。

そうしているうちに、男の髪と同じ細くて柔らかい陰毛の茂みから性器が立ち上がってきた。男同士だと互いのソレを見る機会は多いけれど、他人の勃起した状態のものを生《なま》で見るのは初めてだった。凄いな……と思いつつ触れたら、男が「ヒッ」と高い声で喘《あえ》いだ。調子に乗って握ったり、しごいたりしながら男の表情を眺める。快感に抗いきれないといった風に乱れていく様が、色っぽくてゾクゾクする。喘ぎを浩一に飲み込まれながら、男は射精した。強張るほど力の入っていた体が、極めたと同時にじわじわと弛緩《しかん》していく様を、リアルに指先で追いかける。

力の抜けた両足を大きく開いて、上から覆いかぶさった。浩一にも男同士で使う場所がどこかぐらいの知識はあった。そこへ入れて、擦《こす》る妄想にふけったこともある。けど現実に男の上に乗りかかっても、何だか上手くやれなかった。場所がよくわからないから指で探して、見つけた深い部分は固くて、こんな場所に自分のものが入るんだろうかと半信半疑になった。試しに指を押し込むと、男が「痛っ」と叫び慌てて抜いた。

「ごっ、ごめん」

謝る浩一に、男は目を伏せた。

「こっちこそすみません。大丈夫、大丈夫だと思うので……」

そう言うから、試しにもう一度指先を入れてみたらやっぱり痛そうな顔をした。慌てて抜いて、途方に暮れる。指が駄目ならアレなんか絶対に無理だ。

「本当にすみません」

痛いことをしたのは浩一なのに、なぜか男が謝った。

「次は本当に大丈夫だと……」

男はそう言うけど、浩一は不安だった。

「でも痛いって顔するのに。無理しなくていいよ」

男が愕然《がくぜん》とした顔をする。痛い思いをさせたくなくてやめた浩一も、そんな顔をされてしまっては強引に入れたほうがよかったのか、それともやめてよかったのかわからなくなった。

男は唇をぎゅっと噛《か》み締めて、両腕で目を隠した。

「こっ……この歳になって恥ずかしい話ですが、僕はその……こういうことが初めてで、全然慣れてなくて、本当に申し訳ありません」

言わなくていいことまで暴露《ばくろ》して謝る男が可愛かった。初めてなのに、必死で自分に応えてくれようとしている気持ちがものすごく嬉しい。覚悟を決めて、浩一は男に折り重なった。

目を隠す両手を取り払って、何回も何回もキスした。

「本当の話、していい？」

男が涙の残る潤《うる》んだ目で、浩一を見つめた。

「俺もこういうの初めてなんだ」

男が驚いたように目を見開いた。

「だから、下手《へた》クソなんだよ。ごめん」

「……こんなにかっこいいのに」

両手で頬を押さえ、真顔で呟《つぶや》かれる。全身から汗が噴き出すかと思うほど恥ずかしかった。

「おだてたって、なんにも出ないよ」

男が笑い、浩一も笑った。

「もっと気楽にやろうよ」

それからはキスと触り合いみたいなセックスを延々続けた。それだけでも十分に気持ちよかった。その間も何度かソコに触れたけど、やっぱり強い抵抗がある。挿入を伴《ともな》う交わりは不可能みたいに思えた。

「みんな本当にここへ入れるの？」

浩一の他愛《たわい》のない質問に、男は真っ赤になった。

「多分、そうだと思います」

「でもこんな小さいのに」

男が消え入るような声で、「オイルを使ったりとか……」と呟いた。

「オイルを使うの？」

男は項《うなじ》まで真っ赤にして浩一にしがみついた。

「女性と違って濡れたりしないので、抵抗がないように滑りのいいものを塗って、慣らしていくんです」

「どうしてそんなこと知ってるの？」

男は返事を嫌がるように顔を背ける。「ねえねえ」としつこく問いかけて、最終的に「雑誌で読みました」と白状させた。

男の部屋にオイルはなくて、本棚の端にあったハンドクリームで代用した。加減がわからなくてベタベタするぐらい塗り込めて、指にも塗ってそっと差し込む。クリームの滑りを借りて抵抗は嘘のように和《やわ》らぎ、指はすんなり入った。指の根元まで押し込んでも男は苦痛に表情を歪《ゆが》めたりしなかった。

「痛くない？」

首を横に振る。指を掻き回すと、「いっ、いやっ」と言って身悶《みもだ》える。最初は驚いて動きを止めたけど、どうもその「いやっ」が「痛み」からくるものではないと顔を見てわかった。時間をかけて、指を三本まで増やして中を弄《いじ》る。細い膝頭《ひざがしら》はガクガク震えて、泣きそうな喘ぎが止まらなくなる。確かに男の言う通り、弄っているうちにあそこは柔らかくなってきた。指三本はもう楽に広がる。浩一は左手で自分のペニスにクリームを塗りたくった。そして指を抜くと同時に、すぼまりかけたソコに、勃起したものを押しつけた。大きな抵抗もなく、先端がするりと入っていく。

「いっ……痛っ……」

男が眉間《みけん》に皺《しわ》を寄せる。そうするとギュッと締めつけられて、背筋が総毛立つような快感が全身を走り抜けた。痛い思いをさせるのが嫌で腰を引くと、その行為に表情を歪め、再び浩一を締め上げた。嫌がることをしたくないと思いつつ、自然と腰が動く。とろけるような快感は抗いがたく、ねっとりと股間《こかん》に巻きついた。

快感を貪《むさぼ》ることに夢中になった浩一に、男が「もっとゆっくり……」と訴える声は聞こえなくなった。泣いている男に何度もキスして、言葉ばかりの謝罪を繰り返して、腰を揺さぶ

る。何度目かの突き上げで思い切り締めつけられて、浩一は絶頂を迎えた。

ドクドクと脈打っていたものは男の中に解放される。荒い息をつきながら、強烈に愛しさが込み上げてきて、涙で濡れた顔に夢中でキスした。

その後も二回、抜かずに放った。男は喘ぎすぎて声が嗄《か》れ、最後はかすれたような悲鳴をあげた。終わったあとも、離れるのが嫌で抱き合った。そうしてないと死んでしまうとでも言われたかのように必死になって抱き合い、眠った。


カーテンの向こうは、明るい日差しの気配があった。馴染《なじ》みのない匂いで目が覚める。古い家の、本の匂い。見たこともない天井。そしてずっとしがみついていた温かい塊《かたまり》。最初はなんだろうと思って形を確かめた。なだらかなうねりに思い出す。夜に何度もこの形を抱き締めたことを。

丸くなって眠る男の瞼《まぶた》はうっすらと赤い。昨日、最後のほうになると男は泣きっぱなしで、「痛い」と悲鳴をあげるくせにしがみついてきた。

真っ白で匂い立つような背中に誘われるように口付けて、体を重ねる。抱き締めて、股間に指先をしのばせる。柔らかい性器を軽く握り締める。小さく身じろぎして男はうっすらと目を開けた。

「何……してるんですか」

男は軽く身をよじった。指先に力を込めると、男は背中を震わせた。小さく、浅く喘ぐ。体が新たな熱を帯びて、うっすらと綺麗なピンク色に染まる。

「やめてください。もう明るいのに」

「ちゃんと見せて」

仰向《あおむ》けにして強引に膝の上に抱き上げる。男は浩一の膝の上に正面から跨《また》がる形になった。

「嫌です、こんなの」

キスして、そっと後ろを撫でた。ビクビクと体が震える。クリームをつけた指先で中を探《さぐ》ると強くしがみついてきた。緊張したそこを、何度も掻き回し柔らかくほぐれるのを待つ。そうしているうちに、浩一の腹にあたっていた男のソレも力強さを増してきた。

「少し、腰上げて」

男は泣きそうな顔で、膝を立てた。上手く重なるように男の腰を引き寄せる。ゆっくり重ねるとそこは抵抗もなく浩一を飲み込んだ。

男と目が合った。

「なんだか自分がおかしくなってしまったような気がします」

「どうして」

「朝っぱらからこんなことをして……」

そっと腰を揺らす。小さく叫び声をあげて男はのけぞった。その胸の先にキスする。小さく尖《とが》ったその乳首も、浩一の腰に押しつけられる張り詰めた男の欲望もすべてが淫《みだ》らで綺麗だと思った。

母親が仕事の夜は、いつも男の部屋へ泊まりに行った。そして朝、母親が帰ってくるまでに家に帰った。平日だと、駅のコインロッカーに制服を隠して、着替えてそのまま高校へ行くこともあった。

休みの日は昼間っからアパートの窓を閉め切って、真っ裸でじゃれ合って過ごした。最初は緊張してガチガチだった体も、回を追うごとにどんどん柔らかくなっていく。部屋で会うたびにセックスしたけど、同じぐらいよく話をした。高校教師という本当の職業を暴露したことで、足かせのようなものがはずれたのか、浩一に会うとそれまで会えなかった分を早く埋め尽くそうとするかのようによく喋った。嬉しかったことも、嫌だったことも。こんなに饒舌《じょうぜつ》な男だとは知らなかった。

遠慮しながらも男は甘えることを覚えた。愛撫《あいぶ》が欲しいと言葉で、態度でそれとなくねだる。自覚があるらしく、恥ずかしそうに呟いた。

「今までこんな風に人に甘えたことはないんです」

それがくすぐったくて、自分だけが特別だと言われているような気がして嬉しかった。秘密を告白して、セックスして男はどこか吹っ切れたように見えた。本音を言えば浩一もすべて打ち明けてしまいたかった。男がすべてをさらけ出した今、自分が高校生だと隠している必要はなかった。

何度か言おうとした。だけどいい雰囲気の時にそれを切り出すのも躊躇われて、もうちょっと経《た》ってから……と思っているうちに、男が五歳という歳の差をひどく気にしているらしいということに気づいてしまった。何かあるたびに「君は若いから」と口癖《くちぐせ》のように言う。五歳ぐらい気にすることないと何度言い聞かせても、曖昧《あいまい》に笑うだけ。それが本当は十歳差で、男の勤める高校の生徒だと知られたら……。

十の歳の差ぐらい笑い飛ばして、教師と生徒、そんな秘密を楽しむ。そういうことができる性格じゃない。おまけに馬鹿がつくほど真面目《まじめ》で、ことのほか体裁《ていさい》を気にする。カーテンを閉めた部屋の中だったら、浩一の膝の上に乗って淫らに腰を振るのに、ひとたび外へ出たら、そんな匂いを一切消して普通の大人になる。外でも人がいないと確信できる場所だったらキスしたり手を繋いだりしてくれるけど、普通に大通りを歩いている時だったら指先に触れただけでビクリと震えた。

そんな男に、本当は高校生で十七だと告白しようものならどんな反応が返ってくるか……想像するだけで恐ろしい。どちらにしろ男の気持ちの負担が増えるのは確かで、永遠に隠し通せるとも思わないけれど、せめて高校生という肩書きが取れる来年の春までは黙っていようと思った。

五月の連休を過ぎて次の日曜日、雨が降るから映画を見に行くのが億劫《おっくう》になって、結局近くのレンタルショップで映画を三本借りて男の部屋に籠《こも》った。一緒に映画を見ているうちにどうしてもしたくなってきて、最初はちょっかいを出してくる浩一をやんわりとあしらっていた男も、だんだんと余裕がなくなってきて、映画の途中でセックスを始めた。

気づけば映画は終わり、雨の音がやたらと大きく聞こえた。ベッドの上でシーツにくるまる男を残してカーテンを開けると、激しい雨が窓ガラスに叩《たた》きつけられては流れていった。

「外から……見えるかもしれませんよ」

「こんなに雨降ってるのに、大丈夫だよ」

カーテンをそのままにしておいたら、男が少しだけ嫌そうな顔をした。浩一に閉じる気がないと悟ったのか、ベッドからノロノロ起き上がると、脱ぎ捨てたシャツを羽織《はお》って、自分でカーテンを閉じようとした。窓の前に立った男に背後から忍び寄り、抱き締める。男が動揺したように、身悶えた。

「いっ……いやっ……」

窓ガラスに男の上半身を押しつけ、後ろから挿入する。男の抵抗は続き、膝からガクリと床に崩れ落ちた。覆いかぶさるようにして突き上げながら男の股間を探ると半勃ちになっていて、こんな状況のセックスでも心底嫌がってないことを教えていた。

先に射精しても、浩一は男も達するまで丹念に弄った。最初は同じでも、二度目、三度目となると男の反応はちょっとずつ鈍くなる。浩一に遅れて吐精した男は、深く息をついた。

「ちょっと、怒った？」

熱っぽい目をしてたくせに、男は慌てて怒った表情を作り横を向いた。

「ごめんね」

唇を閉ざして、目を逸《そ》らす。怒っている素振りは見せても、本心からでないのは、自分の腕から抜け出そうとしない態度で一目瞭然《りょうぜん》だった。

「俺のこと嫌いになった？」

本気で困った表情になる。

「俺のこと好き？」

恥ずかしがるように顔を隠す。そんな男を揺さぶって「好きって言ってよ」とねだった。男は消え入りそうな声で「好き」と言ったけど「ちゃんと聞こえない」とクレームをつけて、何回も何回も好きと言わせた。

カーテンは結局開いたまま、雨は降り続けて、延々と畳の上でじゃれ合った。髪を撫でて、指を絡めて、セックスの余韻《よいん》を楽しむ。本当にゴロゴロとエッチなことばかりしてるだけなのに、他に何もいらないと思うぐらい楽しかった。

「そういえば……」

浩一の耳許で、男がぽつりと呟いた。

「僕の高校に君と同じ名前の子がいるんですよ。受け持ちじゃないから顔は知らないけど、名前の漢字までまったく一緒なんです」

体が強張る。動きを止めた浩一に男は首を傾《かし》げた。

「驚きましたか？」

悪戯《いたずら》っぽい目で浩一を見上げる。動揺を押し殺すために、長いキスをした。

「同じ名前だからって、ひいきにしたりするなよ」

浩一の言葉に、男は小さく笑った。

「そんなことしませんよ。そうだな……顔を見たら、似ているかそうでないか教えてあげます」

二十二歳だという浩一の年齢に、何の疑いも持っていない瞳。力を込めて抱き締める。いくら抱き締めて、好きだと言わせても胸の内に湧き上がった一抹《いちまつ》の不安は消せない。

もし自分が高校生だとわかっても、この人は「別れる」なんて言わないよな、と自問自答する。こんなに好きだって言って、いっぱいセックスして、愛し合ってるのに「別れる」なんて言わないよな……と。

自分の気持ちを持て余して、告白することもなく初恋の男から逃げた過去。今度も逃げ出さないとは言えない。歳の差なんてどうでもいいことで、自分は捨てられるんだろうか。そう考えると無性に悲しくなってきた。

男は、浩一に飽きられて捨てられてしまうことをひどく怖がっている。それに年齢差が拍《はく》車《しゃ》をかける。歳の差のせいで噛み合わない話題に苦笑いして、少しでも冷たい素振りを見せたらみるみるうちに落ち込む。一日一回は電話をしないと、一日でも間を空《あ》けたら次の日は必ずワンコールで電話に出る。

浩一は男と頻繁に映画を見た。休みの日で晴れてたら、できるだけ遠くへ出掛けた。同じ時間を、同じ感動を共有したら、それで話題が増えたら、男が不安を覚えないほど二人の距離は近づくんじゃないかと単純に考えた。

もう指先にしっくり馴染《なじ》む顎《あご》を押さえて、そっとキスした。柔らかい髪を撫でて、どうしてこの人はこんなに弱いんだろうと思った。十も年上なのに、上手くいっている恋愛すら怖がってびくびくしている。社会に出た年齢とか、そういうものは関係ないのかもしれないと思った。いくつになったってこの人は臆病で、そういうのはどうしようもないのかもしれない。

解決法なんてあるんだろうかと思った。どんなに頑張ったって十の歳の差は縮まらないし、いつかはばれる。だから早く大人になりたいと思った。誰にも文句をつけられない、大人になりたいと思った。何を言われても、臆病な人を守りきれるぐらいの大人に、早くなりたいと思った。

五月もあと二日を残すだけになり、徐々に蒸し暑さが増していく昼休み。教室に戻ってきた浩一は、不機嫌な顔で椅子に腰掛けた。柿本《かきもと》がニヤニヤしながら近づいてきて、知っているくせに「今月に入って何人目だったたっけ」とわざわざ聞いてくる。興味津々《しんしん》の友人を一瞥《いちべつ》し「三人目」と答えた。

「その様子だとまた『お断り』か。もったいない」

「別に」

浩一は浅く腰掛けた椅子を、斜めに傾ける。椅子が重みに耐えかねて、ギイギイ音をたてた。男と付き合いはじめてからそろそろ三か月になる。最近になって急に女の子から告白されるようになった。それも次から次へと立て続けに。今まで色恋沙汰《ざた》に縁がなかっただけに、何もしてないのに急に女の子ウケがよくなるという現象は不思議だった。

「最近、ちょっとおかしいよな」

これまでの自分の状況と、今の現状を照らし合わせた素朴な疑問を口にすると、柿本が少し笑った。

「お前、ちょっと変わったよ」

首を傾げる浩一に、柿本は「自覚ない？」と肩を竦《すく》めた。

「前みたいに優柔不断が前面に出てるって感じじゃなくて、顔つきもそうだけど落ち着いたような気がするんだよな」

しっかりしたいとか、大人になりたいとか、そういう気持ちは思い続けていたら、それとなく表に出てくるものなのかもしれない。だけど浩一が「そうなりたい」と思ったのは、臆病な恋人のためで、その人限定で、他の人間を相手にするような余裕はない。女の子から告白されるなんて、ちょっと前までは夢のまた夢だったけど、今は正直嬉しくない。それどころか、傷つけないように断るのに神経を遣うから疲れる。

「ねえ、ちょっといい？」

誰の声かわかったから、顔を上げるのに少し身構えた。

「何」

遠藤が、机に右手をついてこっちを見ている。目を合わせられなかった。

「話したいことがあるの。一緒に来て」

シャツを引っぱる、頼りない指先。迷ったけど、断る理由も思いつけなくて浩一はゆっくりと立ち上がった。

連れていかれたのは、棟の間にある中庭だった。立ち入り禁止だけど、下手して教師に見つかっても二言三言小言を言われるぐらいなので、無法地帯になっている。蔓《つる》だけが残る藤棚の下には木に似せたコンクリートの椅子があって、遠藤はため息をつきながら腰掛けた。隣には座れなくて、浩一は向かいに立ったままポケットに両手を突っ込んだ。

三学期の終業式の日に泣かせてしまってから、まともに話をしたことはなかった。遠藤は前みたいに気軽に近づいてこなかったし、浩一も声をかけられなかった。三年になってクラスも変わり、顔を合わせる機会が減って正直、ホッとしていたのだ。あれから二か月も経っている。今更なんなのか、何を言われるのか、予想できなくて怖かった。

「最近、里見《さとみ》君がかっこいいってみんな言うの。……全然そんなことないのにね」

だよな、と相槌《あいづち》を打つと、遠藤は肩を竦めてクスッと笑った。

「自分でそうって認めるんだ」

「本当に俺、かっこ悪いもん」

遠藤はまた笑った。だけどすぐに笑顔は消えて、頬に落ちかかる髪をしきりに気にしているような素振りを見せた。

「まだ先生と付き合ってるの」

「まあね」

投げやりに「ふうん」と呟いたあと、遠藤は膝の上に肘を突いて、頬を押さえた。

「あの人のどこがいいの？」

改めて聞かれると、返答に困る。自分はあの男のどこが好きなんだろう。優しいけど気が弱くて、臆病で、世間体《せけんてい》ばかり気にしている。だけどそんな部分も、嫌だと思う要素にはならなかった。

「全部かな」

大きな目が浩一を睨《にら》みつけた。

「馬っ鹿みたい」

吐き捨てるように呟いて、うつむく。綺麗な髪が風でサラサラと揺れる。「馬っ鹿みたい」と言われても、不思議と腹は立たなかった。遠藤が黙り込むと、気まずい空気がよけいに重たくなって、浩一は居たたまれなくなった。

「あのさ……」

遠藤が顔を上げた。

「先生とのこと、誰にも言わなかっただろ。その、ありがとな。あの人って気が弱いからさ、噂《うわさ》になったらきつかったと思うんだよ」

遠藤はスッと立ち上がると、浩一に歩み寄ってパシンと頬を叩いた。痛いのは浩一なのに、叩いた遠藤のほうが泣きそうな顔をした。

「みくびるな、馬鹿っ」

走っていく後ろ姿を見ながら、呆然《ぼうぜん》とした。頬の痛みが軽い痺《しび》れに変わる頃、遠藤がどうして自分を呼び出したのかわかった。

……先生と付き合っている、全部好きだと言った浩一に、遠藤は「好き」とも言えなかったんだとようやく気がついた。

教室に戻ると、柿本はいなかった。浩一は自分の席に戻り、ぼんやりと外を見ながら遠藤のことを考えた。いつから自分のことを好きだったんだろうとか、もしこれが半年前の話なら、付き合っていたかも知れないとか。もし仮に遠藤と付き合っていたら、男のことは好きにならなかったかもしれない。

けど浩一は今のままでいいと思った。同性でも、臆病でも、あの人がいい。あの人じゃなきゃ絶対に嫌だ。

「里見、呼ばれてるぞ」

振り返ると、教室の入り口から田中《たなか》が手招きをしていた。昼休みの間に何度も何度も呼び出されることに辟易《へきえき》しつつ、椅子から立ち上がる。

「誰？」

聞いても、田中は首を傾げるだけだった。

「さあ、伊本《いもと》に頼まれたって言ってたけど」

担任からということは、少なくとも女の子絡みではなさそうだった。ため息をつきながら廊下に出た浩一は、そこに立っていた人を見て声も出ないほど驚いた。白いシャツに緑色のネクタイ。かっこいいとはお世辞にも言えない古い型の眼鏡。

恋人の目は見たことのない色をしていた。あえて例えるなら灰色、暗い灰色だ。

「中庭で見かけました。見間違いだといいと思って来てみたんですが……」

「あっ、あのね……」

浩一が一歩前に踏み出すと、男はじわりと後ずさった。

「ようやくわかりました。いつまでたっても電話番号を教えてくれなかったのも、仕事の話をしたがらなかったのも」

男がゆっくりとうつむいた。

「親と同居しているから僕からかけるのは遠慮してほしいとか、プライベートに仕事の話はしたくないとか、君に言われるがまま鵜《う》飲《の》みにしていた自分が馬鹿みたいです」

「はっ、話そうと思ってたんだよ。だけどタイミングがつかめなくて……」

言い終わるか終わらないかのうちに、胸許にプリントの束が押しつけられた。

「伊本先生から預かったプリントです。放課後までにクラスのみんなに配っておいてください」

冷たい口調に、歯噛みする口許。男は踵《きびす》を返した。

「ちょっと待ってよ」

慌てて腕をつかむ。男は強い力で振り払った。

「言い訳なんか、聞きたくないっ」

周囲の生徒が思わず振り返るほど大きな声だった。自分の声と、そして周囲の反応に男は戸惑い、おろおろと周囲を見回したあと、逃げるように駆け出した。

「待てったら！」

手許が滑って足許にプリントが散乱する。それでも追いかけようとしたけれど、散らばるプリントが邪魔になって踏み出せない。モタモタしているうちに、男の後ろ姿は廊下を左に折れて見えなくなった。

「お前、何やってんの？」

いつから見ていたのか、気づけば柿本が隣に立っていた。

「……別に」

曖昧に誤魔化《ごまか》して、しゃがみ込む。散乱したプリントを一枚一枚拾いながら、頭の中はかつて遭遇したことのないパニックに陥《おちい》っていた。とうとうばれた。高校生だと知られてしまった。いつかはばれるとわかっていたけど、こんなに急だなんて思わなかった。どうすればいいんだろう。とにかく謝って、謝るしかない。職員室まで追いかけていくことはできないから、夜にでも電話する。気持ちだけが変に焦《あせ》って、プリントを握り締める手のひらがじわりと汗ばんだ。

ほら、と目の前にプリントの束を突きつけられる。柿本が拾うのを手伝ってくれていたと知るまでに、少し時間がかかった。

「さっき、何揉《も》めてたんだよ？」

目を見て聞かれる。うつむいて視線を逸らした。

「別に」

「あいつ、現国の高橋《たかはし》だろ。俺は一年の時に習ったけど、お前はクラスが違ったから石黒《いしぐろ》のほうだったよな。どういう関係なわけ？」

「伊本に頼まれてプリント持ってきたから、みんなに渡してくれって言われた」

「ただプリントを預けたって雰囲気じゃなかっただろ。電話とか何とか、深刻そうな話をしてたじゃないか」

誤魔化す理由も思いつけない。面倒くさい、鬱陶《うっとう》しい……だから口を閉ざした。

「おいっ」

怒鳴るような一声とともに、軽く頭をはたかれた。

「どういう関係かって聞いてるだろ。まさか……」

柿本がぐっと声を潜《ひそ》めた。

「あいつと付き合ってるなんて言うんじゃないだろうな」

嫌というほど鋭い親友にうんざりすると同時に、付き合っているという事実をまるで悪いことみたいに言われて、カチンときた。

「そうだよ」

言い放つ。柿本が眉間に皺を寄せて、渋い顔をした。

「お前、何考えてんだよ」

呆れるを通り越して、氷のように尖りきった口調だった。

「別に」

鼻を鳴らすように吐き捨てると、肩を乱暴につかまれた。

「別にって何だよ」

「ごちゃごちゃうるさいんだよっ」

浩一は肩に置かれた手を振り払い、低く唸《うな》った。

「あいつが男なのも、年上だってのもわかってる。わかって付き合ってるんだから、もういいだろ。放っといてくれよ」

「……お前、おかしいよ」

柿本を置いて教室に戻る。入り口に一番近い最前列に座っていた奴に「これ、みんなに配れってさ」とプリントを押しつけて、浩一は自分の席に着いた。すぐにチャイムが鳴って、五時間目の授業が始まる。

後ろの席の柿本が、授業中に何回か背中を突っついてきたけど、振り向かなかった。真面目な気持ちにケチをつけられるのは我慢できなかったし、馬鹿にされたくなかった。おかしい、変だといくら言われても、あの人が好きだ。

それ以降、浩一は柿本と一言も口をきかなかった。わからない奴に何を言ったって無駄だと思った。

家に帰らず、制服のまま男のアパートへ向かった。午後五時と時間が早いせいか、まだ帰ってきていない。学校を出る時、男が職員室に残っているのは知っていたけれど、校門前で待つことはしなかった。ことのほか体裁を気にしている男が、生徒の目のある場所で自分とまともに話をしてくれるとは思えなかった。

スペアキーは少し前にもらっていた。嬉しくて登下校の時も持ち歩いていた。中には入れるけど、部屋に上がって待つ気がしなくて、玄関のドアの前にしゃがみ込んだ。夕暮れの空がだんだんと薄暗くなり、すっかり夜の様相に変化しても、男は帰ってこない。家に一度電話をしておかないといけないとか、そんなことがぐるぐると頭の中をとりとめもなく回っていたけど、男が帰ってくる場所から動きたくなかった。

階段を上ってくる足音に期待して顔を上げては、がっかりしてうつむく。そんなことを繰り返しているうちに、十一時を過ぎた。終電の時間が気になったけれど、男と話をしないことには帰れない。もう幾度目かの階段を上る音。浩一はうつむけていた顔を上げた。緩慢な足音。背中を丸め、うつむき加減に階段から姿を現した男は、ドアの前にしゃがみ込んでいる浩一に気づくと、ノロノロと踵を返した。慌てて追いかける。昼間と違って、すぐに捕まえられた。つかんだ腕を嫌がって体をよじる男の目は真っ赤で、口許からはアルコールの匂いがした。

お酒はあまり好きではないんです……そう言っていたことを、ぼんやりと思い出した。

「か、帰ってください」

呂律《ろれつ》の回らない口で男はそう告げた。

「話を聞いてよ」

「あっちへ行ってください。そんな制服なんて見たくないっ」

強い力で浩一を押しのけ、反動で男は向かいにあった鉄柵に背中をぶつけた。うつむいたままの頭がグラグラ揺れる。慌てて駆け寄り「大丈夫？」と肩をつかむと、勢いよく払いのけられた。酒に淀《よど》んだ赤い目が、睨みつけてくる。

「同性で、年上で、しかも通っている高校の教師を弄《もてあそ》んで面白かったですか」

「弄ぶなんて、そんなつもりは全然なかったよ」

男の目から、まるで湧き出すように涙があふれた。何度も何度も目尻を擦るけど、それは止まることがなかった。

「もう帰ってください」

濡れた顔を右手で拭《ぬぐ》いながら、男はポケットから鍵を取り出してドアに近づいた。部屋の中に逃げ込まれてしまったら、きっと話もできない。

「ちょっと待ってよ」

引き止める気配に気がついたのか、男は中に入るとすぐさまドアを閉めようとした。慌ててノブにしがみつき、閉じかけたドアを強引に開いて玄関に体を滑り込ませた。背後の扉が閉まり、暗い玄関に二人きりになった途端、男が大声をあげて泣き出した。

抱き締めると、嫌がって暴れる。今までだったら、同じことをしたら猫みたいに頬を擦り寄せてきていたのに、まるで別人のようだった。強引にキスしたら、涙のせいなのか塩辛い味がした。生徒だということ、歳を偽《いつわ》っていたことを知ってショックだったのはわかるけど、それがどうしてここまで自分を拒絶する要因になるのかわからなかった。

暴れる男を押さえつけて、玄関先なのもかまわず服を脱がせた。拒絶されることの違和感。すっきりしない、理解できないものを早く埋めつくしたい。話を聞いてもらえないなら、その手段が体でもよかった。

だけどいつまで経っても細かな抵抗は続き、湿らせてあげるような余裕もなくて、繋がり方は強引だった。男は最初こそ痛がっていたけど、そのうちいつもみたいに小さく喘ぎながら自分から腰を振ってきた。

何回も何回も好きだと言って、痛い思いをさせたことを詫《わ》びるように優しく頭を、背中を撫でた。終わったあと、ほぼ全裸の状態で丸まる男を抱いてベッドに連れていった。男はシーツにしがみついて、鼻を啜《すす》る。泣きすぎて腫《は》れ上がった瞼は真っ赤で、まるで兎《うさぎ》が眠っているみたいだった。

「終電もうすぐだから家に帰る。……今日は母さんが家にいるから」

返事はしてはくれなかった。残していくのが不安で、自分が帰ったあとにまた泣きそうな気がして、頭を撫でる。前髪の先まで細かく震えているのが、見ていてひどく痛々しかった。

翌日、校内で男を見かけなかった。担任に相談があるというのを口実に職員室へ行ってみたけれど、そこにもいなかった。柿本とは顔を合わせても口をきかなかった。けどそんなことよりも、昨日目が真っ赤になるほど泣き腫らしていた男のほうが気になって仕方なかった。

学校が終わるのを待ちわびて、まっすぐアパートへ向かう。男がまだ帰ってきてないのはわかっていたから、追い出されかけた昨日の経緯を教訓に今日は部屋に上がって待とうと思った。最初から逃げられたら、話もできない。

鍵を開けドアを開きかけた時、唐突に強い衝撃があった。細い鎖が一本、ドアが開くのを妨《さまた》げている。内側からチェーンをかけているということは、中にいるということだ。そんなに早く帰っていたということに驚き、そして絶対に部屋に入れないという意図が見える鎖に正直、ショックを受けた。

「中にいるんなら、出てきてよ」

隙間《すきま》から何度呼びかけても、部屋の奥は暗くて物音一つしない。浩一はドアを閉じ、壁にもたれるようにしてしゃがみ込んだ。膝を抱えて座り、恋人が自分から鍵を開けて部屋に入れてくれるのをただひたすら待った。

二時間ぐらいそうしていたけれど、六時半を境に立ち上がった。昨日の夜、家に帰ったのは零時《れいじ》を回ってからだった。いつまで経っても帰ってこない息子を母親は心配して、もう少しで警察に連絡するところだったとひどく怒られた。

どこへ行っていたの！　と問い詰められて思わず「柿本の部屋で映画を見てた」と苦し紛《まぎ》れに嘘をついたら、母親は眉《まゆ》を吊り上げて「柿本君に電話をしたら、うちには来てないですって言ってたわよ」と息子を睨みつけた。

男と会ったり、部屋に泊まったりする日は母親が夜勤の日を選んでいたので、今までトラブルはなかった。だけど今回嘘をついたことで、母親の浩一への不信感は大きくなり、いきなり門限七時を言い渡された。自分の不注意が招いた結果とはいえ、最悪だった。

男のアパートからの帰り、ガタガタ揺れる電車の中で乗降口に近いポールにつかまったまま、長期戦になるかもしれないと思った。だけどどれだけ時間がかかったとしても、浩一は男を待つつもりでいた。いつかはわかってくれると信じていた。

チェーンのかかったドアの前で三日待った。そして四日目、その日は雨が降っていて、少し肌寒かった。いつものように階段を上って、男の部屋の前に立つ。ドアチャイムを押しても反応はないから、試しに鍵を開けると……ドアはゆっくりと外側に開いた。チェーンがかかっていない。ようやく怒りがとけた……と思うと同時に、まだ帰ってきてないという可能性も過《よぎ》り、そろそろと玄関に入る。そして続く部屋の中がやたらと殺風景なことに違和感を覚えた。

部屋の奥に進み、ようやくその異変に気づいた。目を引くほど大きな本棚、ベッド、テレビも……全てが綺麗さっぱりなくなっている。部屋を間違えたのかと思って慌ててアパートの外へ飛び出したけど、そこは確かに男の部屋番号のプレートがドアに打ち込まれていた。

空《から》になった部屋の前で、浩一はぼんやりと座って過ごした。「その部屋の人、越してっちゃったわよ」と親切に教えてくれるおばさんもいた。もう男が帰ってくるはずがないとわかっていても、待たずにはいられなかった。

男がここを出ていってから、浩一は自分がこの部屋にひどく愛着を持っていたのだと知った。初めて男とセックスしたのも、裸で何度もじゃれ合ったのもこの部屋だ。本の匂いのする部屋は居心地がよかったし、シーツは男の匂いがした。けど、引っ越された。男の中には自分のような感傷はなかったんだろうか。

翌日、浩一は朝早くに登校し、職員室の前で待ち伏せした。どうしても男と話をしたかった。人目とか、そういうことを気にしてやるような余裕はなくなってきている。急速に開いていく距離を、どうにかしないといけないとそればかり考えていた。本鈴の直前になっても、男は職員室に姿を現さなかった。おかしいと思いつつ教室に戻り、昼休みにもう一度職員室へ行って、担任に「高橋先生いますか？」と聞いた。

「高橋先生？」

担任は怪訝《けげん》な顔をし、浩一は慌てて「借りているものがあるんです」と嘘をついた。担任は頭をボリボリ掻《か》きながら、離れた場所を覗《のぞ》き込むようにして「あそこが高橋先生の机だけど、いないみたいだな」と呟いた。指し示されたデスクに近づくと、几帳面《きちょうめん》な男らしく綺麗に片付けられていた。

「高橋先生に何か用？」

ぷっくりと太った中年の女教師が、浩一に微笑《ほほえ》みながら話しかけてきた。素直に「はい」と返事をすると「先生、ずっとお休みしてるわよ」と言われた。

「休み？」

「体の調子が悪いらしいの。月曜日からずっとだからもう五日ぐらいになるかしら。来週には来られるといいんだけど」

休んでいるなんて知らなかったし、知りようもなかった。放課後訪ねた時、いつもアパートの部屋にいたのは、早く帰ってきてたからじゃなくて、仕事に出てきてなかったからだ。

「来週は出てきますよねっ」

詰め寄った浩一に、女教師は戸惑うような表情を見せた。

「そうだといいんだけど」

「そのまま辞めちゃったりしませんよね」

苦笑いしながら「辞めないと思うわよ」と言われた。だけどそんな言葉が単なる気休めでしかないのは自分でもわかっていた。職員室を出ても、教室に戻る気がしなくて一階の渡り廊下に行き、手すりに腰掛けた。吹き抜けの廊下は風が吹くけど、生温かくて、不快感だけ首筋に残していく。男がいなくなるかもしれないという不安が、まるで化け物みたいに大きくなって、いても立ってもいられなくなり、体がジリジリするのに……動けなかった。

「何してんの？」

うつむけていた顔を上げる。一週間ぶりに声をかけてきた親友がそこにいた。

「この前、お前の母さんから電話があったぞ。いつまで経っても家に帰ってこないって」

「ふうん」

それは男に自分が生徒とばれた、あの日の夜のことに違いなかった。

「好き勝手するのもいいけど、少しは周りのことも考えろ」

したり顔で説教されると、無性に腹が立つ。手すりのポールを強く握り締めた。

「俺たちはまだ親に扶養されてる身なんだから、そこんとこちゃんと自覚しろ」

言いたいことだけ言って、柿本はいなくなった。ごちゃごちゃとうるさくて、正論だとわかっていても強烈にむかついた。

……チャイムが鳴ったことに気がつかなかった。渡り廊下を通っていた教師に「授業はもう始まっているだろう。何をしてるんだ」と言われて初めて、周囲に誰もいないことに気がついた。ずいぶんと遅れて教室に入ったけど、古典の教師は不愉快そうな視線を投げつけただけで何も言わなかった。儀礼的に教科書を机から出したけど、開いただけで見なかった。男のことしか、これからどうしようとかそのことしか考えられなかった。


電話番号は知らないうちに変わり、通じなくなっていた。よくよく考えれば、接点は限られていた。電話と、男のアパートと、学校。すべての通じる道が寸断されてしまったら、もうあとがない。

土日も、朝から晩まで男がいなくなった部屋の前でしゃがみ込んで過ごした。気分が悪いんじゃないかと勘違いされて、何度も声をかけられた。出ていったアパートに男が立ち寄ることはないとわかっていても、そうせずにはいられなかった。

月曜日、学校の正門が開く前から待ち伏せていたのに、男は姿を現さなかった。一時間目の授業を終えたあと、何の気なしにふらりと校門に近づいて……気づけば外へ出ていた。足は自然と速くなり、最後は駆け出していた。

湿り気のある、梅雨独得の空気が息苦しくて何度も喘いだ。そのうち雨が降り出して、びしょ濡れになって、ようやくアパートまでたどり着く。すぐそばの道路にはトラックが一台止められていて、男の部屋に次々と荷物が運び込まれていた。新しい人が入ったのだろう、ついこの間まで男の居場所だった部屋は、騒々しい物音と、見慣れない家具で埋め尽くされていく。

重たい足取りで階段を降りながら、学校を抜け出して、濡れて、何駅分も走ってここまで来て、自分は何をしているんだろうと思った。学校に戻る気にもなれず、浩一は近くにあった公園に入った。東屋《あずまや》のベンチに腰掛けて、まるで滝のように降る雨をぼんやり眺めて一日過ごした。

雨が上がったのは夕方だった。濡れた制服は乾かず、湿った服を着たまま帰りを急ぐ生徒に逆行するように、校内に入った。教室の自分の席、放りっぱなしにしていた鞄《かばん》を手に取る。

「今までどこにいたんだよ」

教室に残っていた柿本が、黙々と帰りの準備をする浩一に声をかけてきた。

「二時間目からいなかっただろ。担任も心配してたぞ」

無視して鞄を手に取り教室を出る。忙《せわ》しない足音が追いかけてくる。

「お前、何考えてんだよ」

廊下で、腕をつかんで引き止められた。

「別に」

「別にじゃねえよ。俺に腹を立てるのはいいよ。いいけど、それだけじゃないだろ。遅く帰ったり、急に学校から出てったりさぁ。高橋が教室に来てからお前、変なんだよ。そういえば高橋、ずっと学校に出てきてなかったんだろ」

つかまれていた腕を振りほどく。

「今日は廊下んトコで見かけたけどな。なんか急に痩《や》せて……」

思いがけない一言に、耳を疑う。朝は来てなかった。だから今日も学校に来ないものだとばかり思っていた。

「嘘だろ……」

「そんなんで嘘ついてどうするんだよっ。おっ、おいっ！」

いきなり駆け出した浩一を、親友は背後からはがいじめにした。

「どっ、どこ行くんだよ」

「離せっ」

引き止められて、暴れた。二回、三回は殴ったかもしれない。短い攻防のあと、廊下の向かいから「お前らっ、何してるんだっ」という怒鳴り声が聞こえてきて、二人とも慌てて逃げた。渡り廊下を抜けて、特別教室に飛び込み、しゃがみ込んで荒い息を押し殺す。追いかけてきた教師の足音が通り過ぎ、ホッと胸を撫で下ろす。気が抜けると、殴った分だけ殴り返された顔がジンジンと痛んだ。

「高橋って、お前のなんなんだよ」

聞かれても、返事をしなかった。

「この前は付き合ってるって言ってただろ」

「お前に話したって、仕方ない」

なんだよっ……と続ける親友の言葉を遮《さえぎ》った。

「話したって、わかってくれないじゃないか」

興奮して、気持ちが昂《たかぶ》っているのが自分でもわかった。

「俺だってわかんないんだよ。なんか知らないけど好きになっちゃって、男なのにすっげえ可愛いとか思うし、もうどうしようもないんだよ。いい雰囲気だったのに、俺が高校生ってわかった途端、会ってくれなくなってさ。嘘ついてたのは悪かったと思うけど、気持ちは変わんないのに、電話は繋がらなくなるし、急に引っ越ししてどこにいるのかわかんなくなって、それで……」

そう、今日は学校に出てきているのだ。こんなところで喋っている暇はない。

「どこ行くんだよ」

立ち上がったところで、腕をつかまれた。

「まだ職員室にいるかもしれない」

「もう六時を回ってるぞ。部活動を受け持ってなかったら、帰ってるだろ」

わかっていても可能性を捨てきれずに行こうとすると「落ち着け」と怒鳴られた。

「そんな状態で会って、まともに話ができるのか。ここは学校なんだぞ」

でも……という反論は、強い声に遮られた。

「落ち着いて、盛大に頭を冷やせ」

「待てない。もう何日まともに顔も見てないと思ってるんだよっ」

「ガツガツしないで、余裕を持て。あいつは一日、二日で消えるようなもんじゃないだろ」

「本当に消えちゃったらどうするんだよっ」

食って掛かった。

「二度と会えなかったらどうしてくれるんだよっ。責任取ってくれるのか。俺は今すぐ会いたいんだよ。今すぐ……」

涙が出てきた。小学校の時、飼ってた犬が死んで以降、友人の前で泣いたことはなかった。恥ずかしさと、気まずさと、悔しさと……全部がごちゃ混ぜになって、束になって流れ出してくる。

「明日、あいつは学校に出てくるよ。俺が保証する」

何を根拠に保証なんて言えるのかわからないけれど、迷いのない言葉になだめられたのは確かだった。

「泣くなよ。みっともない」

うなだれた頭が、軽くはたかれる。

「この前は『おかしい』なんて言って悪かったよ。でも同性を好きになる気持ちって俺にはやっぱりわかんないよ、正直なとこ」

フッとため息が聞こえた。

「もし明日、奴が急にいなくなったとしても、俺が一緒に探してやるよ。だから今日は家に帰れ」

優しくされると、よけいに涙腺が脆《もろ》くなる。浩一は指先で目頭《めがしら》を強く押さえつけた。

「何だよ、今日はやけに優しいじゃん」

柿本は苦笑いした。

「お前みたいに変なのでも一応、友達だからな」

お互い黙り込む。それから久しぶりに二人で一緒に帰った。だけど帰りの電車の中では互いに一言も喋らなかった。……何だか気恥ずかしかった。

少しだけ柿本に話をして、気持ちが落ち着いたのかもしれない。昨日の夜はこれまでのこと、これからのことを冷静に考えることができた。そのおかげか、ほぼ一週間ぶりに男の姿を見つけても、自分は変に取り乱したりしなかった。

昼休みを待って職員室へ向かう。まっすぐに男の机まで近づいた。うつむいて、熱心にプリントに見入っていた男は、浩一がそばに来ても気づかなかった。

「高橋先生」

背後から呼びかけると、男は慌てて振り返った。相手が浩一だとわかった途端、男の顔はスッと青ざめた。

「ご相談したいことがあります」

慌てて机に向き直った男は、浩一を見ずに返事をした。

「……進路のことなら、担任の伊本先生に相談してください」

声は固い。

「どうしても先生に聞いてもらいたいんです」

机の上で握り締められた男の両手が、細かく震えていた。

「お願いします」

「僕はこっ、これから用があるので。すみません」

ガタガタと騒々しい音をたてて立ち上がった男は、浩一を押しのけるようにして職員室の机の間を抜けていった。あとを追いかける。だけど引き止めずに、一定の距離をおいて後ろをついていく。用があると言っていたのに、二階をぐるりと一周して職員室に戻ってきた男は、扉の前で振り返った。

「……ついてこないでください」

泣き出しそうな声だった。

「俺と話をして。逃げたりしないで、ちゃんと話をしてよ」

「僕は話すことなんて何もありません」

「それでも、俺の話ぐらい聞いてよ」

男はしばらくうつむいていた。そしてようやく、消え入りそうな声で「ついてきてくださ い」と呟いた。

連れていかれたのは、進路指導室だった。表にあったプレートを「使用中」の赤文字に変え、先に浩一を部屋に入れたあとで、男は部屋に鍵をかけた。六畳ほどの狭い部屋の両脇には、大学の案内書やパンフレットが無造作《むぞうさ》に詰め込まれた本棚があり、中央には縦長の大きなテーブルが一つ、そして周囲には折り畳みの椅子がいくつか置かれていた。昨日までの雨で気温は高くて蒸し暑いのに、男は窓を閉め、カーテンを引いた。

「ちょっと痩せた？」

浩一の問いかけに対する返事はなかった。

「もう僕に声をかけないでください。お願いします」

頭を下げ、そう言われた。

「このまま続けてゆくのは、不自然だと思います」

部屋に入ってから、男はまともに浩一の顔を見ようとしなかった。

「不自然って言うけど、俺と一緒にいてそんなに違和感があった？」

「何も知らなかったので……」

言い訳は、どこか皮肉るような響きがあった。

「知ってたら、高校生と付き合おうとは思いませんでした」

「俺は知ってたよ」

男が顔を上げた。

「うちの高校の教師なのも、嘘をついていたのも最初から全部知ってた」

中途半端に開いた口許と、頰から目許に向かって赤くなった部分を手のひらで隠して、男は呟いた。

「気分が悪くなりそうです。……さぞかし面白かったでしょうね。嘘をついて、君にしがみついている僕が滑稽《こっけい》だったでしょう」

小さな頭が細かく震え、嗚咽《おえつ》が洩《も》れた。

「できることなら、君に出会ってからの自分をすべて消してしまいたい。全部終わりです。終わりにします。こんなに情けない思いまでして、僕は君と一緒にいたくありません」

引っ越しされて、電話番号まで変えられた。そこまでされたら、嫌でも男がどういう気持ちでいるのかわかる。わかるけれど、面と向かってはっきり告げられるとショックだし、返す言葉がなかった。

「俺のこと好きって言ったよね」

嘘をついていたのは確かに悪かったと思う。だけど浩一には浩一なりに話せない理由があったし、自分が「高校生」だからという理由で別れを切り出されることは納得できなかった。

「何回も好きって言ったよね」

念を押すと、男が首を強く横に振った。

「君が、言えって言うから……」

「それだけじゃないだろ。俺のこと好きだから好きって言って、セックスしたんだよね。それならあともうちょっと我慢してよ。来年になったら俺も高校を卒業するし……」

「何を言ってるんです」

男は叫んだ。

「いくつ歳が離れていると思うんですか。十歳ですよ。僕が成人した年に君はまだ小学生だった。君がいくつになったってこの十の歳の差は縮まらないじゃないですか」

「そんなこと言ったって、仕方ないだろ。先に生まれるほうが悪いんだ」

売り言葉に買い言葉のような会話に、男が細く息をつき額を押さえた。

「みんな僕のせいですか。そうですね……僕が全部悪いんです。先に生まれたのも、好きになったのも……だからもう終わりにさせてください。お願いだから、僕に関わってこないでください」

男は逃げること、終わりにすることしか考えてない。一緒にいようなんて未来は頭の中にない。ずっと会えなくて、会いたくて……出てきていると知ったら、職員室まで飛び込んでいきそうになるほど見境《みさかい》のない自分と違って、人気《ひとけ》のない場所を選んだ上に、部屋に鍵をかける用心深さ、どこまでも世間体を気にする臆病さに、だんだんと腹が立ってきた。

守りたいと思ったものに、こういう形で裏切られるとは思わなかった。

「いいよ、別れても」

訣別《けつべつ》の言葉に男が浩一を見つめた。泣きそうな瞳。別れたい、関わるなと酷《ひど》いことを言う癖にすがるような瞳をしている。言葉よりも正直かもしれない部分。大股《おおまた》で男に近づき、両手を強くつかんで胸許まで持ち上げた。怯えるように後ずさっても、強引に引き寄せた。

「別れてやるよ。ここであんたが傷つきそうなことをいっぱい言って、こっぴどく振ってやる。もう二度と俺の顔なんて見たくないってぐらい……」

つかんだ両手が、ガタガタ震えた。

「……簡単なんだよ、そんなこと。そうしたらあんたは落ち込んで、二度と恋なんてしたくないと思うんだろうな。臆病なあんたのことだから、もう絶対に恋人なんてできっこない。あんたはずっと一人だ。一人で寂しい、寂しいって言って一生過ごすんだ。そうして俺のことを思い出して、あの時に振らなきゃよかったって永遠に後悔するんだ」

「どうして……そんなことを言うんですか」

つかんだ手を離すと、白い手首に指の跡が赤く残った。男の耳許を両手で押さえ、強引に上を向かせた。

「俺みたいにあんたを好きになる男はいない。絶対にいない。あんたみたいに臆病でずるい奴なんか、もう誰も好きになったりするもんか」

震える唇が、小さな声で「僕は……」と呟いた。

「……僕は君に一生負い目を感じていないといけないんですか。年上だということを気にして、若い君の心変わりを気にして、怯えていないといけないんですか。そんな思いはしたくないんです」

男が、切ない顔でフッと笑った。

「君には僕の気持ちなんてわからないでしょうね。気まぐれな相手を、ただ待っているだけの僕がどれだけ不安だったか、怖かったか……知らないでしょう」

コンコンとドアをノックする音が聞こえた。男は慌てて浩一を押しのけた。

「すみません。資料が欲しいので、ちょっと入ってもいいですか」

生徒の声ではなかった。男は慌てて「はい」と返事をすると、ドアに近づいていく。それを浩一は背後から抱き締めるような形で引き止めた。

「まだ話、終わってない」

「やめてくださいっ。離して……」

男は浩一から逃《のが》れようと暴れた。その反動で勢いよくテーブルにぶつかり、右腕から崩れるように倒れ込んだ。ドアがガチガチと音をたてる。

「何かすごい音がしたけど、大丈夫か」

「いっ、椅子につまずいてしまって。大丈夫ですから」

ドアの向こうにそう言ってから、男は立ち上がった。打ちつけた右手を押さえて、少しだけ眉間に皺を寄せる。

「僕のことは忘れてください。お願いします」

深く頭を下げてから、男はドアの鍵を開けた。

「どうも、お待たせしてすみませんでした」

隣のクラスの担任は、部屋の奥に浩一の姿を見つけて怪訝な顔をした。

「何か、揉めているみたいな声が聞こえてたけど」

「彼が、その……進路のことで悩んでたんです。けどもう大丈夫ですから」

青い顔で必死になって言い訳をしている。その姿が情けなくて、切なかった。ドアの前に立つ男と隣のクラスの担任を押しのけて、浩一は廊下に出た。「おいっ、こらっ」と腹立たしげに呼び止める声を無視して歩いた。

あの男は、所詮《しょせん》あの程度だったんだと自分に言い聞かせた。体裁ばかり気にする臆病者で、気が弱くて……。

「あんな奴、もう知るもんかっ」

独り言は、独り言で消える。強く歯を食いしばった。……泣かなかったけれど泣きたいぐらい胸が痛かった。


学校帰りに寄った本屋で、浩一は自分の振った女の子が男と歩いているのを偶然見かけた。一か月ぐらい前になるだろうか、浩一が交際を断った時、目尻に涙を浮かべていたその子は男と腕を組んで、楽しそうに笑っていた。一か月で忘れられる、その程度の気持ちで告白したのか……と思うと急に冷めた気持ちになった。そんなの本当の恋じゃない。本当の恋は、いつまでも、自分が卑屈になるぐらいあとを引く。

進路指導室で話をしてからもうすぐ一週間になる。その間、校内で男を見かけることはなかった。それでも職員室の前や学食を通る時は無意識に男を探していて、そんな自分に気がついて虚《むな》しくなった。

何度も男の夢を見る。それは決まってあの進路指導室の場面で、自分たちは言い争っていた。何を言っても男は口許を引き結んだまま、首を横に振る。浩一は同じ言葉を何度も何度も繰り返して説得し、なりふりかまわず土下座までして「別れないでください」と懇願しても、男は怯えたように自分を見るだけで「うん」とは言わなかった。

別れの場面を何度も追体験するように夢に見て、目が覚めると大抵泣いている。虚しい、悲しい、切ない……どんな言葉を並べても、気持ちには追いつかない。胸が潰《つぶ》れそうな、こんなつらい思いをするのなら、恋なんてしたくなかったとさえ思った。

あの時、手紙を出した男に会いに行かなかったら、最初の日に駅で引き返したりしなかったら、電話をかけなかったら……何回も止まる機会はあったのに、そこでは終わらなかった。

柿本は浩一が男に会って、話をしたことを知っている。だけど「どうなった？」とは、あれだけお節介《せっかい》な男なのに聞いてこなかった。

七月に入り、最初の週だった。午前中に特別教室での授業があり、片付けをして教室を出ると休み時間は数分しか残っていなかった。柿本は次のリーダーの授業で使う辞書を忘れたから他のクラスの奴に借りると言って、先に帰っていった。渡り廊下を足早に歩き、階段を上がろうとしてぴたりと足が止まった。

階段の踊り場に、男がいた。顔を見るのは三週間ぶりだった。怪我《けが》をしたのか右の腕を包帯で肩からつり下げ、男子生徒と話をしている。話の内容までは聞こえなかったけれど、生徒の言葉に男は肩を軽く揺するようにして笑っていた。相手が生徒だとわかっていても、知らない男と楽しそうに話をしているのは見ていて気分が悪かった。

見てるのが嫌なら行ってしまえばいいのに、その光景から目が離せない。授業開始のチャイムが鳴りはじめる。男が左手で重たそうに、危なっかしい仕種でプリントを抱え直す。落としてしまいそうで、無意識に駆け寄ろうとすると、向かいにいた男子生徒が男のプリントをひょいと取り上げた。

「教室まで持っていってやるよ」

「ありがとう」

男子生徒はニッと笑うと先に階段を上っていく。男もゆっくりとした足取りで階段に足をかけた。後ろにいる浩一には気がついていない。男と距離を取って、気づかれないように階段を上る。少し先を行く、半袖《はんそで》のワイシャツに今時流行《はや》らないボリュームのあるスラックス。強烈に、ただ抱き締めたいという衝動が体の中に起こって、それが切なくて、虚しくてうつむいた。

カタカタッとものが落ちる騒がしい音に、顔を上げる。止まらない音は足許を抜けて、踊り場の壁にぶつかって静かになった。プラスティック製のチョークケースだ。階段を降り、踊蓋《ふた》が壊れて中身が点々と転がっているそれを拾い上げた。

「……早く教室に戻ってください。授業が始まってますよ」

無視して、散らばるチョークを拾って歩いた。

「そんなことしなくてかまいませんから、早く授業に行ってください」

砕《くだ》けたその粒まで拾って、階段の途中で立ち止まったまま動かない男に近づいた。壊れたケースを差し出すと、震える指が受け取った。さっきの生徒と話していたような柔らかい空気はなくて、変にピリピリしている。

「怪我したの？」

男の肩がビクリと揺れた。

「階段でつまずいたんです」

男も浩一も階段の途中から動かなかった。男は浩一に「行け」と言わなかったし、浩一は目の前でうつむく小さな頭をじっと見ていた。ついこの間まで簡単に服を脱がせられたし、抱き締めて、なんの遠慮もなく触れられた。それなのに今はこんなに近くにいても触れられないのが、もどかしかった。

「進路はもう決めたんですか？」

顔を上げ、さりげなさを装《よそお》うように男は聞いてきた。

「これから勉強が大変になりますね」

「……あんたには関係ないじゃん」

男は強張った表情で「そうですね」と呟き、うつむいた。別れてほしいと言ったのはそっちのほうなのに、少しでも冷たい言い方をしたら傷ついたような顔をする。そんな態度を取られたら、やっぱりまだ自分のことを好きなんだろうと、問いただしたくなる。

「お願いだから、もう僕に優しくしないでください」

「優しくなんかしてない」

「してます。今だって拾ってくれた」

困っていたら、誰だって手を差し伸べる。優しくするなということは、その程度も関わってくるなということだろうか。

「誰だって拾うだろ。自惚《うぬぼ》れるな」

浩一は男に渡したチョークケースを取り上げると、階段の下に叩きつけた。散り散りになる結末を見もせずに、足早に階段を上りきった。


一学期の期末テストは、担任が頭を抱えるような結果に終わり「三年のこの時期に、これだけの補習なんて前代未聞だぞ。本気で大学に行く気があるのか」とまで言われた。当然母親も怒り爆発で、単身赴任中の父親まで戻ってきて、ダブルで耳にタコができるほど説教された。

「俺が勉強、見てやろうか」

見るに見かねたのか、柿本までそう言ってきたけど断った。わかる、わからないじゃなくて、要はやる気の問題だというのは自分でも薄々気づいていた。

終業式を翌日に控えて、その日は午後丸々使って生徒全員が大掃除をした。そのあとで簡単なホームルームがあり、四時前に学校は終わっていた。三年は一学期末で大抵のクラブ活動を終えるので、以前のようにスポーツバッグを片手にダラダラと教室に残っている生徒もいなかった。

夏休みの補習の日程表と、親に強引に申し込まれた塾の夏期講習の日程表を見比べて、浩一は唸り声をあげた。下手したら普通に学校へ来るよりも充実しているんじゃないかと思うほど詰まった時間割に、頭が痛くなる。

ガラガラと扉が開く音がして振り返る。柿本かと思ったら、浩一の予想に反して同じクラスの今井《いまい》だった。「ちょっと用があるから、待っててくれよ」そう言って柿本が教室を出てから、もう二十分近く経っている。今井は浩一と目が合うと、教室の外から手招きしてきた。

「柿本が音楽室に来いって言ってたぞ」

浩一は椅子に座ったまま首を傾げた。

「音楽室？　どうしてだ？」

今井は肩を竦めた。

「なんか知らないけど、急いで来いって言ってたぜ。俺はちゃんと伝えたからな」

単なるメッセンジャーだったらしい今井は、用をすませたとばかりにさっさと帰っていった。音楽室は別棟でも北の端で遠い。なんてとこに呼びつけるんだと短く舌打ちしつつ、浩一はゆっくりと椅子から立ち上がった。

日が傾きかけた廊下の影は、少し細長い。人の気配がしない、ひっそりとした特別教室の前を歩く。選択授業で音楽を選ぶか部に入るかしなければ馴染みのない高校の音楽室の前に、柿本はまるでマネキンみたいにひっそりと立っていた。

「こんなとこに呼び出して、何……」

文句を言いかけた途端、頭をガンと殴られた。

「静かにしろ、馬鹿」

「なんで俺が殴られんだよっ」

声のトーンを落として、噛みつく。柿本は神妙な顔で腕組みして、フッと息をついた。

「俺は俺なりに、お前のことを考えたワケだよ。そろそろ一か月になんのに、状況が変わんないってことは、まだちゃんとケリつけてないんじゃないかって思ってさ。そのへんの詳しい話とか聞いてないから、推測だけどな」

ブツブツ小声で呟きながら、柿本は札のついた鍵を手の中でチャラっと鳴らした。

「中に入れ。ただし、入ってからは俺がいいって言うまで一言も喋るなよ」

妙な迫力に押されて、言われるがまま浩一は頷《うなず》いた。柿本は中に入ると、白いカーテンが引かれた音楽室を横切り、小さめのグランドピアノの前を通り過ぎて「音楽準備室」とプレートのついた部屋の前で立ち止まった。そうして浩一のシャツの胸ポケットに紙切れを突っ込むと、取り出そうとした指先を制して、小声で「入れ」と指示してきた。わけのわからないまま、とりあえずドアを開ける。それと同時に思いっきり腰を蹴られ、浩一はよろよろと前のめりになり、正面にあった机の角に太腿をぶつけた。

「痛《い》ってえ。お前、何すんだよっ」

振り返ると、目の前でピシャッとドアが閉まった。ご丁寧《ていねい》に鍵までかかる音がする。浩一はドアに駆け寄り、力任せに蹴り上げた。

「ふざけんじゃねえっ。ここ開けろっ」

外からはウンともスンとも反応がない。悪戯にしてはずいぶんと手が込んでいる上に意地が悪い。腹立ち紛れにもう二回、ドアを蹴り上げてから浩一はため息をついた。おとなしく閉じ込められているのも腹が立つ。どうにかして外へ出られる手はないだろうかと四畳ほどの狭い部屋の中をぐるりと見回して、息が止まるかと思うほど驚いた。

部屋の隅に男がいた。レコードやCDがところ狭しと詰め込まれた棚の間、呆然とした顔でこちらを見ている。状況が把握できず、浩一はドアに向き直って眉間に皺を寄せた。さっき柿本に渡されたメモの存在を思い出し、慌てて胸ポケットから取り出す。

『そこは防音が完璧だから、泣いても喚《わめ》いてもいいからそいつときっちりカタをつけろ。一時間経ったら鍵を開けに来てやる』

メモを握り締め、ポケットの中に突っ込む。カタをつけろと言われても、とっくにカタはついている。自分が振られて、それで終わった。浩一は髪の中に指を突っ込んで、グチャグチャと掻き回した。見当はずれのお節介に、頭が痛くなる。

「おい、ここ開けてくれよ」

ドアの向こうに訴えてみたものの、防音が完璧だという部屋の中にいて自分の声が外へ聞こえるかどうかはあやしいものだった。観念して、テーブルのそばにあった椅子を引き寄せる。椅子がガタガタ音をたてる、たかがその程度のことで男はビクビクと震えた。

別に取って食おうというわけじゃないのに、自分に対する過剰な反応が気に障る。嫌味も含めて、浩一はわざと男から一番遠い対角線上の壁の側に行き、床の上に直接座った。男はしばらく立っていたけれど、おそるおそるテーブルに近づくと折り畳み椅子を引き寄せて、その上に腰掛けた。

防音が完璧な小部屋はシンと静まりかえっている。外からの音も何も聞こえない。

「……これはどういうことなのか、説明してもらえませんか」

閉じ込められて十分ほど経った頃、男が聞いてきた。

「柿本君は君の友達なんですか？　彼には一年の時に現国を教えましたが、それ以降は関わりもなかったのに、今日になって突然『どうしても相談したいことがある』と言うのでここへ来たんです。それなのにどうして君がいるんですか？」

「知らないよ」

「でも、知り合いなんでしょう」

男はこの状況を知りたがって、引く様子はなかった。

「どういうことなのか、教えてください」

自分がまだあんたに未練タラタラで、期末の結果も散々で、柿本はそういうのを全部見てきて、気をつかって話し合いの場を設けてくれたんだよ、とは言いたくなかった。

今の状況をつらつら考えているうちに、この人はどうなのかなと思った。自分と別れてから、どうなのかなと。

高校生と付き合っているというストレスから解放されて、よかったとか思っているんだろうか。そして落ち着いたら、またあの変な雑誌に「恋人募集」の手紙でも出して、今度はプラスマイナス二、三歳前後の年齢差に限定して、自分がストレスを感じないような相手を探すんだろうか。

そんなに上手く行くもんか、と心の中で吐き捨てた。正直、見た目は普通でも、着てるものは地味だし、優しいけどマイナス思考で、すぐに落ち込むからこっちが気をつかってやらないといけないし……そういうこと、全部わかってくれる相手が、そう簡単に見つけられるはずがなかった。それよりもすっげえ悪い男に引っかかって、泣くのがオチだ。わりと単純で、すぐに騙《だま》されるし。いっそのことそうなればいいと思った。悪い男に騙されて、ボロボロになってグチャグチャになるぐらい、傷つけばいいのに。そしたら自分がどれだけ真剣に好きだったか、思い知るはずだった。

好きなのに傷つけたい。泣かせたい……ふと残酷な気持ちになった。

「さっきの柿本ね……」

浩一はゆっくりと立ち上がった。

「あいつ、俺の恋人なんだよ。嫉妬深くて、ちゃんと別れたって言ってるのに前のことすっごく気にしててさ。俺がまだあんたに未練があると勘違いしてて……だからちゃんとケリつけさせるつもりでこんなことしたんだと思うんだよ」

常識で考えたら、前の恋人と一緒に部屋に閉じ込めるなんて普通はしない。よりを戻せと言っているも同然だ。デタラメもいいところなのに、嘘はすらすらと出てくる。柿本が聞いていたら「冗談じゃねえよっ」と怒りまくる姿が想像できて、それがおかしくってクスリと笑った。

「変なことに巻き込んで、ごめんな」

男は「そうですか……」と呟いて、右の手首をさすった。もう肩から吊り下げてはないけれど、そこには厚いサポーターのようなものが巻かれている。

「もう関係ないって何度も言ってるのに、なかなか信じてくれないんだよ」

男は「ははっ」と小さく笑った。別れてからまだ一か月も経っていない。あんなに「好きだ」と言っていた男が、もう次の恋人を見つけて仲よくやっていることをどう思ったのかは、表情のない顔からはわからなかった。

「嫉妬深いけど、可愛いとこもあるんだよ。でなきゃ付き合ったりしないんだけどさ。けっこう白黒はっきりつけたがるタイプで、ガンガン言われてこっちもムカつくことあるけど、理不尽なことは言わないし、変に気を回さないでいいっていうかさ」

男は終始うつむいていて、どんな顔で自分の話を聞いているのかわからなかった。

「あんたと付き合ってた時より楽かな」

ようやくうつむいていた頭が上を向いた。

「僕と正反対のタイプですね」

感情を含まない声で呟く。そう装っているのか、それとも本気で自分に関心を持っていないのかわからなかった。

「あ、そういう感じ。前回でややこしいのは懲《こ》りたから、こんどはわかりやすい相手がいいかなって思ってたし」

「まるでゲーム感覚ですね」

ようやく男から非難めいた、感情の見える言葉が聞こえた。

「ゲームじゃないよ。俺、真面目に付き合ってるし」

ようやく反応があったのに、また黙り込む。浩一は上履《うわば》きの踵《かかと》で、木目の床を擦った。

「同い年だから、話も合うんだよ。まあ、話が合うっていうのと趣味が一緒っていうのは微妙に違うんだけどさ。一緒にいて面白いし。夏休みになったら、どっか遊びに行こうって話をしてんだよ。受験生だから、本当はそんな暇ないんだけどさ。一泊ぐらいで……」

「静かにしてもらっていいですか」

途中で言葉を遮られた。

「少し頭が痛いので。すみません」

口実か、それとも本当に頭が痛いのかはわからなかった。男はうつむいたままクチンと小さくくしゃみをした。

「少し前に風邪をひいて、それがまだ治ってなくて……」

スラックスのポケットからハンカチを取り出して、左手で不器用に鼻を擦る。そういえば付き合っていた頃から、くしゃみをしたり、ゴホゴホ咳《せき》をしていることが多かった。風邪をひきやすいとも言っていた。一緒にシャワーを浴びて、セックスして、濡れた髪を乾かさずに寝た次の日は、必ずといっていいほど鼻をグズグズさせていた。それが気になったから、何度か髪を乾かしてやったことがあった。もともと柔らかい髪だから、乾かしたあとはふんわりして、すごくいい匂いがした。やりたくてたまらなくて、乾かす余裕のない時もあったけれど……。

防音の部屋は蒸し暑くて、浩一は額に汗がにじむのに男の肩は少し震えていた。「寒いの？」と聞くと「少し」と返ってくる。

「おいっ、ここ開けろ。もういいから開けろよっ」

ドアをガンガン叩き、怒鳴っても反応はない。浩一はため息をついた。

「一時間経ったら開けるって言ってたんだけど。本当、ごめんな」

「いいですよ、もう」

具合が悪いとわかると、顔まで青白く見えてきて心配になった。

「寒いなら、俺のシャツでも羽織っとく？」

脱ぎかけると、男は慌てて「けっこうです」と首を横に振った。

「遠慮しなくてもいいよ。俺、すっごく暑いからさ」

「本当に、本当にいいですから」

頑《かたく》なに拒まれて、シャツのボタンの上二つをはずした時点で手は止まった。

「そうだよな、こんな汗臭いの渡されたって迷惑だよな」

浩一が苦笑いすると、男は「そういう意味じゃありません」と呟いた。それからお互い黙り込んだ。部屋の中にある時計の、カチカチという音だけが大きく響く。男の震えは止まらなくて、浩一は見るに見かねてシャツを脱いだ。男がソレを拒む前に、強引に背中にかけた。

「見てらんないからさ、着ててよ」

シャツを貸しただけで、もといた対角線上の位置に戻る。男はシャツをつかんだまま戸惑う表情をしていたけれど、ゆっくり立ち上がると浩一に近づいてきた。

「やっぱりお返しします」

「震えてるのを見るの、嫌なんだよ」

男は口許だけで笑った。

「優しくしないでほしいんです」

「優しくったって、シャツ貸しただけだろ。ここに閉じ込められたのも、もとはといえば俺のせいだし。それに誤解しないでほしいんだけど、貸したからってあんたに思い入れがあるとかそういうんじゃないから」

「それぐらい、わかってます」

吐き捨て、シャツを押し返すと男は椅子に戻っていった。怒ったように両足を小さく踏み鳴らして、左手で髪の毛を掻き回す。だけどそのうちそんな仕種も消えて、男は両手で顔を覆った。震えるように呼吸する背中は、寒いからというより泣いているようだった。

「泣いてるの？」

男は返事をしなかった。

「どうして泣くの？」

「目にごみが入ってるんです。少し黙っていてくれませんか」

平静を装っても声も震えている。うつむいている男にそっと近づいて、背中にシャツをかけた。

「俺のことどう思ってようとかまわないから、着といてよ」

今度は突き返されなかった。大きく鼻を啜り上げて、震えはいつまでも止まらない。触れる、という意識もないまま伸ばした手は、前髪に触れる寸前で叩き落とされた。

「僕に触らないでください」

叩かれた手より、言葉の拒絶が胸に痛かった。

「前は自分からしがみついてきたくせに」

思わず口から零れた。

「今はそういう関係じゃないでしょう」

憎まれ口に反応する。涙に濡れた赤い目が、浩一を睨みつけた。

「あんなに僕のことを好きだと言っていたのに、若いとずいぶん柔軟なんですね。それとも僕が古いタイプの人間なんでしょうか」

そう言ったあとで、男は慌てて口許を押さえた。だけど思わず洩れた本音を浩一は聞いてしまった。もう取り返しはつかない。

「俺が他の奴を好きになっても、あんたには文句を言う権利なんてないんだよ。終わりにしたのはそっちなんだから。俺が嫌だって言っても『終わりにしてください』って頭下げたのはどこのどいつだよっ」

大きな声に、男の背中が怯えるように竦み上がった。

「それとも何、俺はあんたに義理立てしなくちゃいけない理由でもあるの？　俺のことはいらないって言った奴に、何を期待しろって言うんだよ」

青い顔、濡れた目で見つめる男を、浩一は見下ろした。

「言いたいことがあるなら、はっきり言えば？」

もたつく唇がもどかしくて、肩をつかんで揺さぶる。そうしたらようやく「好き」とだけ吐き出した。

「俺を好きなのは知ってるよ。だからなんなの？　どうしたいわけ？　具体的に言ってよ」

男が一度うつむいて、顔を上げた。口が開きかけて、閉じる。

そして蚊《か》の鳴くような声で呟いた。

「……あんな子供に、君を渡したくない」

脱いだシャツをシーツの代わりに、床の上で男を抱いた。一秒でも早く欲しくて、余裕なんてなかった。準備も中途半端で、無理な形の早急な挿入は痛みを伴うはずなのに、男も浩一を欲しがってしがみついてきた。

夢中で抱き合い、ようやく周囲を見渡すだけの余裕が戻ってきたのは二度目、同時に達したあとだった。余韻の中で、言葉よりもたくさんのキスを交わす。絡まった男の両腕が、浩一を強く引き寄せる。肩口を擦る感触に違和感があり、男がまだ右手にサポーターをしていたことを思い出した。

「右手って……」

男が首を傾げた。

「痛いの？」

「少しだけ」

目を閉じて、男が「君のせいです」と呟いた。

「俺の？」

「進路指導室で揉み合った時です。痛みが引かなくて、病院に行ったら骨折だと言われました」

「階段で転んだって言ったじゃないか」

困ったような浩一の声に、男が目を伏せた。

「嘘ですよ。本当は階段で転んだんです」

「どっちが嘘なんだよ」

「どちらにしても、君のせいじゃありませんよ。進路指導室でも、勝手に僕が暴れて転んだだけですから」

「俺のせいだって言っていいのに。お前のせいで怪我したんだ。責任取れって、俺のこと罪悪感でガチガチにしていいのに」

「嘘をつくことになるでしょう」

「嘘でもいいんだよ。嘘だってわかってても、怒んないよ」

男の体を抱き起こして、膝の上に跨らせるようにして座らせる。そうして床の上に散乱していたシャツを手繰《たぐ》り寄せ、剝《む》き出しの背中に着せかけてぎゅっと抱き締めた。普段より熱く感じる体温が、ずっと気になっていた。

「怪我した時、痛かった？」

男はうつむいて「いいえ」と答えた。

「本当のこと言ってよ」

逡巡《しゅんじゅん》したあと、男は「少し」と言い直した。気をつかう唇に軽くキスする。

「今のはね、そん時に痛かった分のお詫び。怪我した日の夜も痛かった？」

病院へ行った時は？　授業してた時は？　問いかけに「うん」と答えたら、キスした。頬から鼻の頭、瞼から顎の先……聞くのはキスの口実で、でもそんなこと男だってわかってた。

夢中になってキスしていたから、ドアが不意にガチャガチャと音をたてるまで、一時間後に鍵を開けに来ると書かれてあったメモのことなどすっかり忘れていた。

浩一は驚いて、反射的に男の肩を押して距離を取った。男はそんな浩一の腕を振り払い、首筋に両手を回して強くしがみついてきた。

ギイッと音をたててドアが開く。右手で鍵をクルクル回し、「そろそろ話も……」と言いながら部屋に足を踏み入れてきた柿本は、全裸に近い状態で、同じく全裸に近い男を膝の上に乗せて苦笑いしている浩一を見るなり、その場で硬直した。

表情の消失した顔が、やがて鬼のような形相《ぎょうそう》になったかと思うと、乱暴にドアを閉めて出ていった。息詰まるような緊張感から解放されたのも束《つか》の間《ま》、再びドアが開き、ほんの二十センチほどの隙間から準備室の鍵が叩き込まれ、バンッと勢いよく閉じられた。

「すみません」

男は浩一にしがみついたまま震えていた。震えながら「すみません」「すみません」と何度も謝った。「そんなに謝らなくていいから」とあやしつつ、浩一は男が何に対して謝っているのかわからなかった。

「あの人と、別れてください」

泣きそうな顔で、真剣に男は訴えた。

「あんな風に見せつけて、ひどいことをしていると、自分が浅ましいと百も承知してます。

みっともない、ずるいと思われても、それでも僕は君を誰にも渡したくありません」

柿本が恋人だという嘘を、男は頭から信じている。本当のことを言ってもいいけれど、必死な「告白」をもっと聞きたくて、浩一はあえて口を閉ざした。

「別れてほしいと言ってから、後悔しなかったと言えば嘘になります。だけど会わないでいたら、時間が経てばこの気持ちも薄れていくと思っていました。だけど食事をしていても、授業中でも、眠る寸前まで君が僕の頭の中にいて……」

震える唇を嚙み締めたあと「どうか、助けてください」そう言って男は浩一の前で深く深くうなだれた。


翌日、柿本が登校してきたのは朝のホームルームの始まる十分前だった。いつもなら顔を合わせれば「おはよう」ぐらいは言うのに、視線が合っても露骨に避けられる。自分の席に腰掛けた柿本に、浩一はそろそろと近づいた。

「……昨日は、その、迷惑かけて悪かったよ」

柿本の横顔がみるみるうちに強張る。聞こえているはずなのに、返事をしてくれない。

「もう駄目かなって思ってたけど、上手くいきそうなんだ」

「そりゃよかったな」

地獄の底から響くような低音がちょっと怖い。

「いくらなんでも、カケラぐらいの常識はお前にもあると思ってたよ」

「あれは不可抗力ってやつで……」

柿本が「不可抗力だと」とこめかみに青筋をたてる。言えば言うほど墓穴を掘りそうな気がして、慌てて浩一は話題を変えた。

「あのさ、今日は一緒に帰ろうよ。おごるからさ。なんでもお前の好きなもの頼んでいいよ」

柿本は腕組みしたまま、フンと鼻を鳴らした。

「食いモンでご機嫌取りか」

「そう言うなよ、身も蓋もないだろ。強引だったけどお前がキッカケ作ってくれたから、もう一回話ができたんだ。感謝してるんだよ」

「俺はキッパリ別れるのを期待してたんだがな」

耳に痛いそれは、本心かもしれなかった。

「どっちにしても、俺のこと考えてくれたんだろ。ありがとな」

口許を不機嫌に引き結んだ、うつむき加減の耳許がじわりと赤くなったかと思うと、朝のショートホームルームまで時間もないのに教室を出ていった。口が悪くてそっけなくても、幼なじみの親友はお節介で優しい。こっちが素直になった途端、照れくさくなって場をはずす厄介《やっかい》な性格も、それはそれでまた、悪くなかった。

一学期の終業式が終わったあと、簡単な掃除をしてから解散になった。柿本は部活の後輩に話があるから三十分ほど待ってほしいと言い残していなくなり、浩一は教室の時計で時間を確かめたあと、鞄を机の上に置いたまま教室を出た。

職員室に入ると、担任に見つかって「おう、なんの用だ」と言われた。「ちょっと……」と言葉を濁しながら男の机に近づいた。

「先生」

背後から声をかけると、男は慌てて振り返った。両隣に他の教師はいない。浩一は男のかたわらにしゃがみ込んだ。

「夜、家に行っていい？」

男は周囲を気にするように「学校でそういう話は……」と小声で呟き、目を伏せた。昨日、柿本の前で全裸もかまわずしがみつくという大胆な行動に出た男と同一人物とは、とても思えなかった。

「新しい部屋、見せてよ」

どこを見ても君を思い出すからあの部屋にいられなかった……と男は引っ越した理由を教

えてくれた。「俺から逃げたんじゃないの？」そう聞くと、素直に「それもあります」と答えた。

「夜、遅くなるとご両親が心配するでしょう？」

「今日は仕事で夜帰ってこないんだよ。だから」

机の下に隠れている膝の上にそっと手を置くと、真っ赤な顔をして「からかわないでください」と浩一の手首をつかんだ。じゃれつくように悪戯を仕掛ける浩一を困ったように見ていた男が、ふと首を傾げた。指先で浩一の頬に触れる。自分から色々仕掛けておきながら、いざ男から触れられると、思わず生唾《なまつば》を飲み込んでしまうほどドキリとした。

「まだ、頬の下が赤いですね」

「渾身《こんしん》の一撃、けっこう効いたから」

昨日、男に散々自分を好きだと告白させたあとで、新しい恋人の話は嘘だと正直に話した。最初は信じてくれなかった。必死になって説明しているうちにようやくことの次第を把握したのか、男は泣いて怒って浩一を平手打ちした。跡が残るほど強烈にやられたのに、少しも痛いと思えなかったのは、叩いたあとに男が「浮気したら許しませんよ」と可愛いことを言ってしがみついてきたからだ。

「痛かったでしょう。すみません」

真剣に謝ってくる男に、夜これをネタに甘えられるかも……と邪《よこしま》な想像が胸を過る。

「なんの話をしてるんだ」

背後から担任の伊本の声がして、浩一は慌てて立ち上がった。

「里見は高橋先生とずいぶん仲がいいんだな」

男が頰を強張らせるのが視界の端に見えて、浩一は慌てて前に進み出た。

「べっ……勉強をたまに見てもらってるんです」

伊本は首を傾げた。

「お前、現国は補習しなくてよかっただろ？　あっ、ああ。それだけ見てもらってたから、補修にならなくてすんだのか」

男が「里見君は補習が必要なんですか？」と聞かなきゃいいのに聞いてきた。

「必要も何も、ほぼ全教科受けることになってるんですよ。中間はそこそこだったのに、期末が最悪だったからな。俺はとうとううちのクラスから学年最下位が出るかと思ったぞ」

男が驚いたような目で自分を見ている。好きな人の前で、学年最下位スレスレという事実を暴露され、あまりのかっこ悪さに浩一は背中が焼けつくかと思った。

「うっ……うるさいなあ。あっち行けよ」

邪険に追い払おうとすると、伊本はグッと眉間に皺を寄せて、背後から浩一の頭を軽くはたいた。

「何があっち行けだ。お前に用があるんだよ。ほら、夏休みの補習の時間割。お前は補習の数が半端《はんぱ》じゃないから、纏《まと》めるのに苦労したんだぞ。帰る前に渡せてよかったよ」

時間割の束を手渡して、伊本は自分の机に戻っていった。プリントの束を四つ折りにして、制服の後ろポケットに強引にねじ込む。男はぞんざいな浩一の仕種をじっと見ていた。

「勉強が苦手だったんですか？」

「たまたま調子が悪かったんだよ。あの時は色々あって期末の勉強が手につかなくて……普段はもうちょっとマシだよ」

男が少し笑った。馬鹿にしてる風でもなかったけど、やっぱり笑っていた。頭悪すぎて、呆れてるんだろうかと思うと、一気に憂鬱《ゆううつ》になる。浩一はわざと時計を見るふりをした。

「俺、柿本と約束してるから帰る」

居心地の悪い場所から立ち去ろうとすると、男は「少し待ってください」と浩一を引き止めた。メモ帳に電話番号を書きつけて、差し出す。

「新しい番号です。君は知らなかったでしょう」

あ、うん……と呟いて、受け取った。

「電話してくれたら、近くの駅まで迎えに行きます」

じゃあ今晩、遊びに行っていいんだろうか。そんな期待を込めて上目遣《うわめづか》いに見つめると、男はにっこり笑った。

「来る時には、辞書と参考書を持ってきてください。一緒に勉強しましょう」

……職員室を出たあとも、男が「一緒に勉強しましょう」と言ったのが、本気なのかそれともちょっと意地悪してみせたのか判断がつかなかった。真面目な性格からして、真剣にそう言ったような気もして悩んだ。教えてもらうのは嫌じゃないけど、この状況はかなりかっこ悪くないだろうか。

教室へ戻ったけど、柿本はまだ帰ってきてなかった。少し迷ったけれど、浩一は鞄から辞書と参考書を取り出して机の中に突っ込んだ。勉強よりもまだ先に確かめたいこと、知りたいことがある。今後はどうあれ、今日は男の部屋へ行っても絶対に勉強なんてしないぞ、と固く決心した。

冬日

玄関で靴を履《は》いていると、廊下を通りかかった母親に見つかってしまった。見つめてくる視線に、悪いことをしているわけでもないのに、なぜか後ろめたい気持ちになった。

「誠人《まこと》さん、今から出かけるの？」

「少し外を歩いてきます。夕飯までには帰ってくるので……」

おさまりの悪い靴を落ち着けるように、踵《かかと》で地面を蹴《け》る。母親は「そう」と呟《つぶや》いたあと、小走りに部屋の中へ消え、そして灰色のマフラーを手に戻ってきた。

「暖かくしていないと、風邪を引きますよ。あなたは体が丈夫じゃないんだから」

はい……と素直に受け取る。母親は白いものが多く混ざるようになった髪を無造作《むぞうさ》に掻《か》き上げ、フッとため息をついた。

「あなたも早くこんな心配をしてくれるお嬢さんを連れてきてくれたらねえ……」

苦笑いをしながら、それ以上の詮索《せんさく》を避けるように玄関を出た。午後四時を過ぎたばかりだというのに、あたりはずいぶんと薄暗い。空は灰色の雪雲に覆《おお》われ、通りの脇には溶けきらなかった雪が残る。背中を丸め、震える指をロングコートのポケットに突っ込んだ。

高橋《たかはし》誠人が実家のある港町に帰ってきたのは実に三年ぶり、祖父の葬式以来だった。前の時は翌日が仕事だったこともあり、来たその日にトンボ返りした。実家はそう広くない。子供連れで帰ってきていた妹夫婦に遠慮したというのもあった。

田舎《いなか》から自然と足が遠のきがちになるのは、他にも理由がある。帰れば必ず、独《ひと》り身《み》であることを心配されるからだ。三十五歳という年齢で仕方ないかとも思うが、聞いていると耳が痛い。

好きな人はいないの？ と母親に繰り返し聞かれ、そのたびに「安月給ですからね」「なかなかいい人がいなくて」と言い訳をするのも疲れる。

国道沿いの道を少し歩いてから、細い脇道に入った。数メートルも行かないうちに、潮の匂いがぐんと強くなり、波が打ち寄せる音が近くなる。道の突き当たりにある灰色のコンクリート壁、その横にある階段を上ると堤防の上に出た。

海はグレーがかった鈍い水色で、波が強かった。以前よりも波打ち際が近いような気がするのは、大人になったからだろうかとぼんやり考える。しばらくそうしていたのに、こんな寒い日に海を見ている酔狂《すいきょう》な人間は自分だけのようで、他には人っ子一人見当たらなかった。

今回の帰省は、遠縁の親戚の葬式が理由だった。ちょうど土日にかかったこともあり、家に一泊してから帰ることにした。妹は帰ってこなかった。上の子が中学受験で、色々と大変らしい。誠人さんも忙しいなら無理しなくていいわよ……母親はそう言っていた。

ふだんは実家に寄りつかない息子が、余裕を持って帰ってきたことに母親も何か勘づいているのかもしれない。確かに今回の帰省に理由はあったが……高橋はコンクリート塀にもたれたまま、大きく息をついた。胃の底が焼けるようにチリッと痛む。帰れるのに帰らない場所と、帰りたくても帰れない場所の違いを、また考えてみる。

感傷よりも寒さのほうが勝り、堤防から離れた。国道沿いまで戻っても、まっすぐ家に帰る気になれずに、港へ向かって歩いた。一車線の道路に、両脇にひしめく家。子供の頃から二十年近くも変わらない佇《たたず》まい。確かにここは自分が忘れてきた場所だった。

道の途中に小学校が見えた。少年時代に六年間を過ごした場所だ。懐かしさに自然と足が早くなり、しまいには駆け出していた。息切れし、白い息を吐きながら正門にたどり着く。門柱の上にも楽に手が置けることに驚き、思っていたよりも小さな校舎に戸惑《とまど》いを隠せなかった。

おそるおそる中へ入ると、薄暗い校庭で三人の子供が遊んでいた。順番にボールを蹴っては、ゴールしている。校庭の端で、膝《ひざ》ほどの高さの段差に腰掛けてその光景を眺《なが》めた。遊具はすべて、高橋がいた頃とは様変わりしていた。鉄棒も新しくなっていたが、置かれてある場所だけは変わっていなかった。

しばし懐かしさに捕われていた心に、不意に現実のスイッチが入った。家に帰りたくない。うなだれると、思い出したように胃が痛み出す。子供みたいに目の前の問題から逃げることができないのがわかっているから、よけいに憂鬱《ゆううつ》になる。

足許《あしもと》に、軽い衝撃があった。顔を上げると、サッカーボールが緩《ゆる》く回転しながら遠くなっていくのが見えた。

「すみませーん」

蹴り損《そこ》ねたボールが流れてきたようだった。高橋は気にしてないという素振《そぶ》りで首を横に振り、子供が安心したように背を向けてから、そっと息をついた。

「お前ら、六年生か」

不意に、校門の近くから大きな声が聞こえた。三人の子供の動きがピタリと止まる。

「もう五時過ぎてるぞ。暗くならないうちに、家に帰れ」

互いに顔を見合わせてグズグズしていたが、子供はボールを手におとなしく帰っていった。躊躇《ためら》いなく子供を注意したことやその口調から、校門に立つ男は教師のような気がした。

子供が校庭から消えても、男はいなくならない。どうしてだろうと思っていると、ゆっくりとこちらに近づいてきた。ジャージ姿で、顎鬚《あごひげ》のある男だった。自分よりも三、四歳年上だろうか。

「そろそろ門を閉めようと思ってます。外へ出てもらってもかまいませんか」

「す、すみません」

慌《あわ》てて立ち上がる。校門へ向かって足早に歩き出したところで「あ、ちょっと」と呼び止められた。

「ひょっとして、高橋か?」

名前を言い当てられたことに、驚いた。

「あ、はい」

返事をすると、男は嬉《うれ》しそうに笑った。戸惑うほど馴《な》れ馴《な》れしい仕種《しぐさ》で、肩を叩《たた》く。

「声でさ、なんとなくそんな感じがしたんだよ」

親しげに話しかけてくる男が誰なのか、今の段になっても思い出せない。戸惑う表情に、男も気がついたようだった。

「俺のこと、わかんないの？」

下から顔を覗《のぞ》き込むような仕種に、記憶を強く揺さぶられる。まさか、と思った。

「……一ノ瀬《いちのせ》」

そうだよ、と男は再度、高橋の肩を叩いた。よく見れば、鼻筋や口許に中学生の頃の面影《おもかげ》が残っているような気がする。

「帰ってきてるなら連絡ぐらいしろよ。薄情な奴だな」

「ごめん」

自然と小さくなる声で謝った。

「会うの二十年ぶりぐらいじゃないか、懐かしいなあ。今日はどうしたんだよ？」

うつむき加減の高橋の顔を、一ノ瀬が覗き込んでくる。内向的で喋《しゃべ》るのが苦手、いつも下を向いていた自分に話しかける時、彼は決まって腰を屈《かが》め、顔を見て話そうとしてくれた。

「親戚の葬式があったから」

「ああ、そうか。そりゃご愁傷様だったな」

一ノ瀬の声のトーンがわずかに下がる。強い風が吹いた。雪混じりの冷たい風が、頬《ほお》を叩く。

「お前さ、今どこに住んでんの？」

大きく身震いしながら一ノ瀬が聞いてきた。

「市内にいるよ」

「あ、そうなんだ？　帰ってきたって話を聞かないから、県外かと思ってたよ」

フッツリと会話が途切れる。沈黙の気まずさに、何か話をしなくてはいけないと思いつつ、気のきいた言葉の一つも浮かばなかった。

「ここで何してたんだよ？」

問いかけに、顔を上げた。

「クソ寒い中、ずっと座ってただろ。じっと子供のこと見てるから、最初は危ない奴なんじゃないかって思ったんだぞ」

時勢を考えれば一ノ瀬の心配も無理はなく、高橋は苦笑いした。

「たまに帰省しても、ゆっくりしていく余裕がなかったんだ。今日はたまたまこの辺を歩いていて、小学校とか懐かしかったから……」

ふうん、と一ノ瀬は呟いた。

「じゃあ、校舎の中も見てく？　俺ね、今この学校の先生なんだよ。五年生の担任で、一応、学年主任をやってる。主任ったって二クラスしかないんだけどさ」

「……休みの日だろう。中に入ってもいいのか？」

高橋の心配を、男は笑い飛ばした。

「見つかったら『飲みに行こうと思ったら財布を忘れてたのを思い出したから』とでも言っときゃいいんだよ。お前は俺の連れってことでさ」

悪巧みをする子供みたいに誘ってくる。昔のような、屈託のない目に逆らえず、高橋はい、悪いの判断を下す前に頷《うなず》いていた。


正直、偶然会えたことよりも、彼が彼だとわからなかったことの方が衝撃だった。なんの根拠もなく、いくつになってもその姿を見れば一目で一ノ瀬と気づくものだと信じていた。

理想と現実のギャップが、自分でも滑稽《こっけい》だった。

「案内するまでもなかったな。お前も校舎の中は知ってるんだし……」

呟きながら、一ノ瀬は先に立って歩いた。パタン、パタンと自分の履いているスリッパの音が、やたらと大きく響く。子供のいない、沈黙した校舎は自分がここにいることの違和感を強く感じさせる。すべてが息を潜《ひそ》め、じっと次の出番を待っているような気がする。

一ノ瀬が担任をしているという五年生の教室を見せてもらったが、蛍光灯の下に現れた室内は記憶していたよりもずいぶんと小さかった。懐かしさに駆られて、高橋はふらりと椅子に腰掛けた。腰がはみ出して、膝が窮屈《きゅうくつ》に折れ曲がる。

「小さくてさ、驚くだろ」

気持ちを見透かすようにかけられた声。一ノ瀬もそばにあった椅子に、後ろ向きに腰掛けた。

「俺も教育実習で戻ってきた時、驚いたんだよ。こんなに狭かったかな、小さかったかなってさ。やっぱりここは、子供の世界なんだよ」

「そうだね……」

ギイギイと音がするほど椅子を軋《きし》ませていた一ノ瀬が、背後に大きく揺らいだかと思うと「うわっ」という叫び声とともに、バッタンと背後に倒れた。

「だっ、大丈夫か」

慌てて立ち上がり、頭を抱えて痛そうに眉間《みけん》に皺《しわ》を寄せる男に手を差し出す。強く握り返してきた手は、高橋の胸の中にある湖面を少しだけ揺らした。

「かっこ悪いなあ」

一ノ瀬は肩を竦《すく》め、バツの悪そうな顔をした。

「子供相手だと、いい具合に笑いのネタになるんだけどなあ」

独《ひと》り言《ごと》のような呟きに、高橋は今の状況は笑うべきだったんだろうかと考えたが、やっぱり嘘でも笑えないような気がした。

「俺らって、よく前と後ろとか隣同士になったよな。席が離れたら、替わってもらったりしてさ。授業中にベラベラ喋るからすぐ先生に目ぇつけられて、通知表の総合欄に、『落ち着きがない』とか『私語が多い』とかずっと書かれてたんだよ」

「そうだったね」

つらつらと喋っていた一ノ瀬が、不意に真顔で高橋を見た。

「いや、そうじゃないぞ。お前はちゃんと先生の言うことを聞いておとなしかったんだよ。けど俺がいつも話しかけるから、だからいつも二人一緒に怒られてたんだ」

短い髪を、ガリッと掻き上げる。

「そう考えると、お前に悪いことしたなあ」

ガタガタと、暗い教室の窓硝子《ガラス》が揺れた。授業が始まると同時に「なあなあ」と振り返る。ちょっと難しい問題になると、必ず「ここって、どうするの？」と聞いてくる。誰よりも自分に懐いている友人の存在は、教師に怒られたとしても、決して煩《わずら》わしいものではなかった。

声をかけてもらって、一緒にいられて嬉しかったと言いたかった。だけどこの歳《とし》になって、面と向かってそれを口にするのは少し恥ずかしかった。

「職員室に行こうか。あそこ暖房入るからさ」

寒そうに身震いする一ノ瀬に促《うなが》されて、教室を出た。薄暗い廊下を、男は魚のようにすいすいと歩いていく。段差や歩行の妨《さまた》げになるようなものがあるわけでもないのに、自分の両足は妙に止まりがちで、そのたどたどしさが歯がゆかった。

職員室も記憶の中にあるそれより、ずいぶんとこぢんまりとしていた。市内でもマンモス校として名高い高校で働いている身としては、アットホームな雰囲気はホッとするような安心感があった。一ノ瀬が窓際にある暖房のスイッチを入れた途端、ゴウウッと大きな音がする。

「まあ、適当に座れよ」

可愛い座布団のついた椅子を勧《すす》められて腰を下ろす。「コーヒーでもいれてくるよ」そう言った一ノ瀬に、気をつかわなくてもいいから……と遠慮すると「俺が飲みたいんだよ。寒くってさ」と、肩を竦めていた。

一人残された高橋は、椅子から立ち上がり職員室の中を一通り見て回った。壁のボードに張られた学級新聞は、生徒の手作りのようだった。デザインもいいし、読んでいて面白い。読み入っているうちに、それに気づいて思わず笑みが零《こぼ》れた。一年生にも読めるようにだろう。一や丸といった簡単な漢字にさえ大きく振り仮名がつけられている。

暖房の音は大きいけど、部屋の中はまだ暖まってこない。コートは脱がず、マフラーだけはずして窓辺に置いた。部屋の中が明るいせいだろうか、外がやたらと暗く見える。何時だろうと携帯を取り出し、時間を確かめた。午後六時十二分。母親の顔がチラリと脳裏を過《よぎ》り、夕飯には帰るからと言い残して出てきたことを思い出した。

引き戸の開く気配がして、振り返る。一ノ瀬が両手にマグカップを持った状態で職員室に入ってくると、右足で器用に戸を閉めた。窓辺にいる高橋に近づき、香ばしい湯気の立つカップを一つ差し出してきた。

「湯が沸くまで待ってたら、けっこう時間かかってさ」

「ありがとう」

コーヒーは、体の奥に染み入るように温《あたた》かかった。一ノ瀬はズズッと音をたてて口に含み、ホッと一息ついたあとで「ああ、ずいぶん降ってきたなあ」と窓の外を見上げた。

「ガキの頃とかさ、雪が降ると嬉しくなかった？　単純に、どれだけ積もるのか楽しみだったりしてさ。今は道路が渋滞するとか、バスとか電車が止まったら面倒とか、そんなことばかり気になるつまんない大人になっちゃったけどさ」

そばにあった机の上に、一ノ瀬は行儀悪く腰掛けた。

「生徒がさあ、机の上とか座るんだよ。一応、注意するんだけどなんか自分の中で矛盾《むじゅん》があってさ。俺も机の上に座ったクチだし、今でも座りたいしさ。確かに見栄《みば》えも行儀も悪いけど、それ以上に机の上に座るっていうのは、ロマンがあると思うんだよ」

口許を隠したのに、笑っているのを知られてしまった。

「何笑ってんだよ、お前」

「まさか机の上に座ることに対して、語られると思わなかったから……」

一ノ瀬はばつが悪そうに短く舌打ちすると「大人げないって、自分でもわかってるよ」と、頭をガリガリと掻いた。

「そういやお前ってなんの仕事してるの？」

指差して問われ、ドキリとした。隠すようなことでもないのに、口にするのを躊躇う。

「高校で、現代国語を教えてるんだ」

一ノ瀬が目を大きく見開いた。

「マジ？　お前も教師なの」

「うん、まあ……」

まじまじと見つめられるとどうも居心地《いごこち》が悪くて、露骨にならないよう視線を逸《そ》らした。

一ノ瀬は腕組みしたまま、「うーん」と低く唸《うな》った。

「意外だったなあ。お前は学者とか技術者とか、一人でコツコツやっていくタイプみたいな印象があったからさ」

高橋は苦笑いして、ゆっくりと首を横に振った。

「僕はそれほど根気のあるタイプじゃないよ」

「そうか？　ガッコの宿題とかいつもちゃんとしてきてたじゃないか」

「決められたことはしたけど、それ以上はやらなかったし」

やるだけ偉いと思ったけどな……と呟いたあと、一ノ瀬はジャージの胸ポケットから煙草を取り出し、火をつけた。

「でもよく高校教師になろうなんて思ったよな。十五、六とかその歳の子供って難しいだろ」

「……そうでもないよ。問題行動のある子もいるけど、ちゃんと自分の将来のことを考えてる子の方が多いかな」

高橋は目を閉じた。

「僕は教師という職業に特別何か期待していたわけじゃないから、割合と客観的に見ていられるのかもしれない」

ふうん……と一ノ瀬は呟いた。

「それで面白いの？」

責める口調ではなかったのに、返事ができなかった。

「面白そうだと思わなくて教師を選ぶなんて、苦労をしょいこむようなもんだぞ。給料は安いし、学校行事は面倒だし、生徒は問題起こしてって、煩わしいことばかりでさ」

「会社で働いてたって、嫌なことはあるだろう」

一ノ瀬はフッと勢いよく煙を吐き出した。

「会社と学校は違うだろ。俺もかつて高校生だった時期があるわけだけど、図太いくせにナイーブで、思いつめるくせに支離滅裂《しりめつれつ》で、狡《ずる》いのに潔癖っていう、なんかわけわかんない時期だったよ。そういうの何人も相手にすると思ったら、高校の教師ってかなり引くけどね」

大学に入り、教育学部に進んだわけでもないのに教師になろうと思ったのは、自分の将来に何のヴィジョンも浮かばなかったからだ。そんな時、一ノ瀬が「先生になりたい」と言っていたことを思い出した。中学生の頃に語る夢を、誰もが現実にするわけじゃない。それでも彼の気持ちが変わらなかったら、そばにはいられなくても好きな人と同じカテゴリーの中にいられるんじゃないかと思った。

「教師を選んだのは、少し無理をしてでも人と関わっていたほうがいいと思ったからなのかもしれない」

本当のことは言いたくなかった。自分が人との関わりに積極的でなかったことも、彼の言葉ほどの影響はないにしろ、教師を選んだ理由の一つだった。

「そうでもしないと、自分が誰とも関わりを持たなくなりそうな気がしたから」

一ノ瀬はじっと話を聞いていたが、何も言わなかった。顎鬚のある、三十代の男は確かにかつて、どうしようもないほど好きだった男だが、以前のような、まるで嵐みたいな感情の波は押し寄せてこなかった。

同性である彼を好きだと自覚したのは、中学校に上がってすぐだった。思春期を迎え、体の成長に伴《ともな》い、性的な部分も含めて彼を恋愛対象として見るようになった。同性である彼を好きになるなんて普通じゃないと頭ではわかっていても、体は理解してくれなかった。

彼に肩を叩かれただけで、着替えをする姿を見ただけで、下腹が疼《うず》いて反応した。水泳の時など、どうしても股間《こかん》に視線が行く。裸で抱き合う姿を夢想しては先端の皮が剝《む》けるほどオナニーして、右手を汚すたびに自己嫌悪した。快感と自己嫌悪を繰り返しながら、頭のてっぺんから爪先《つめさき》まで彼でいっぱいだった。もうそれしかなかった。

転機は中学三年の夏休み、彼に彼女ができたことを知った時だった。彼に付き合っている子がいると告白されたその日、家に帰ってから一晩中泣いた。切なさに涙がとめどなく溢《あふ》れ、止まらなかった。苦しみはそれだけでは終わらなかった。彼から彼女のことを聞かされるたび、胸が掻き毟《むし》られるように痛んだ。いつも二人で出かけていた夏祭りを、今年は彼女と行くからと断られた時は、ショックで何もかも手につかなくなり一日中部屋に閉じこもって過ごした。

しまいには彼から彼女の名前を聞いただけで、泣きそうになった。神経は薄皮一枚になり、名前一つに翻弄《ほんろう》されることに、疲れた。彼は男だから、普通だから、自分のことなんて絶対に好きになってなんかくれない。こんなことが永遠に続くのかと思うと、遠い未来に眩暈《めまい》を覚えた。

来年は近くにある公立校へ、一緒に進学するつもりだった。だけど彼女が同じ高校へ進学希望だと知ってから、市内にある進学校を第一希望に変更した。高校のランクを上げることに関して、親も教師も深く詮索してはこなかった。

受験日がずれていたから、滑り止めのつもりで公立校の試験も受けた。三年になってクラスも違っていたし、一ノ瀬は卒業式の当日まで高橋が市内の高校に進学することを知らなかった。卒業証書を片手に「どうして教えてくれなかったんだよっ」と自分を問い詰める彼は、傷ついたような顔をしていた。そんな表情を見ていられなくて、うつむいたまま「もっと勉強したかったから」と嘘《うそ》をついた。

春休みの前半は、一度も連絡がなかった。黙っていたことを怒っているのが目に見えるようだった。三月も終わりかけた頃、彼から電話がかかってきた。自分を許していないということは、いつになく歯切れの悪い口調に現れていたが、それでも彼ははっきりと「また、遊ぼうよ」と言ってくれた。「うん」と返事をしたけれど、嘘だった。卒業式、怒った彼の背中を見送った日に、もう二度と会わないでいようと心に決めていた。大好きな彼と、胸の痛みを天秤《てんびん》にかけて、自分は自分を守ることを選んだ。

周囲の人が、環境が変わっても自分の中から彼が消えることはなかった。いつも胸のどこかに、彼のための場所があった。何年会えなくても、顔を見なくても……いや、顔は正直忘れかけてしまっていても、胸の痛んだ感覚はいつでも容易にぶり返してきて、切なくなった。再会しようものなら、自分の心は以前と同じように激しく翻弄されるような気がして怖かった。

　そんな予想に反し、偶然に引き合わされた彼を目の前にしても、自分は平静でいられた。ひょっとしたら、ずいぶん前から彼への恋心は過去のものとして整理されていたのかもしれない。自分が気づかなかっただけで。

　何年も自分を支配していた彼への気持ちを整理できたのは、十歳年下の恋人の存在が大きいような気がした。

「お前は前からあまり人と喋らなかったよな。みんなでワイワイやってるのに近くにいないと思って探したら、教室の隅っこで本を読んでたりとかさ。一人でいるのが好きなんだろうなって感じがしたよ」

　ぽつりと一ノ瀬が切り出した。

「人と喋るのが苦手だっただけだよ」

「俺と話してただろ。って言うか、俺が一方的にベラベラ喋ってただけかもしんないけどさ。お前が一人で本を読んでるのを見るたびに、お前の中にはどんな世界があるんだろうってずっと気になってたよ」

　あったのは邪《よこしま》な妄想だけで、世界なんて高尚《こうしょう》なものじゃなかった。

「ガキの頃からの幼なじみでずっとそばにいるのに、何を考えてるのかわかんないってのがずっと納得いかなかったんだよな。おまけに自分からは滅多《めった》に喋らなくて、いつもうつむき加減で怒ってるのか笑ってんのかもよくわかんなくて……」

逃避するように、高橋は窓の外を見た。雪が一段とひどくなってきた。

「おい、俺の話を聞いてるのか？」

慌てて振り返り「聞いているよ」と苦笑いした。

「聞いているけど、ちょっと耳に痛いかな」

「俺はお前に文句を言ってるわけじゃないぞ。ワケわかんなくても、俺はお前が好きだったからさ」

何げない言葉が、胸にストンと落ちた。

「喋んなくても、一緒にいて面白かったよ。お前といたら、他の奴と一緒にいる時みたいに見栄張ったりしなくてよかったし。勝ち負けとか、そんなこと関係ない場所にいるって感じがしてさ。そういう奴って他にいなくて、だから……ずっと友達でいたかったよ」

「……ありがとう」

何それ、と問い返された。

「こんな僕でも、友達でいたかったと言ってくれるから」

やっぱお前ってワケわかんねえなあ、と一ノ瀬は肩を竦めた。

「俺はずっとお前に嫌われたんだと思ってたよ。中学の時も黙って市内の高校を受験するしさ。そりゃお前の人生だけど、あんなに四六時中一緒にいたのに、一言の相談もなかったのが信用されてないって気がしてショックだったよ。それでも、夏休みになったら電話の一つぐらいあるかと思ってたのに、それもナシだろ。我慢できなくておまえん家《ち》に行ったら、ずっと帰ってきてないって言われて、寂しかったな」

母親から、一ノ瀬が家に来たという話は聞いてはいた。だけど自分はわざわざ訪ねてきてくれた一ノ瀬の気持ちよりも、動揺する自分の心のほうが怖くて、わざと帰らなかった。

「だから結婚するって手紙をお前に出した時も、すごく勇気がいったんだよ。俺のこと嫌いなら、こんな手紙を出しても迷惑なんだろうなって考えたりしてさ。けど俺はどうしてもお前と連絡取りたかったから……実家に送ったけど、あれってちゃんとお前のとこまで届いたのかな？」

「手紙は、来てたよ」

一ノ瀬が右手で額を押さえ、やるせない表情でうつむいた。

「お前さあ、社交辞令でも返事ぐらいしろよ。住所も電話番号も書いてあっただろ」

手紙が届くよりも先に、母親から一ノ瀬が結婚するという話は聞いていた。会わなくなってもう十年以上経《た》っていたのに、信じられないぐらい自分は動揺した。これまで色々な人と出会う機会はあったのに、彼以上に気になる人はやっぱり現れなかった。好きでたまらなくて、だけど結婚という事実に、本当の意味で彼と結ばれることはないんだと思い知らされ、打ちのめされた。届いた手紙は、捨ててしまった。結局、封を切ることもできなかった。

暖房が時折、ゴオッと唸るように音をたてる。そんな中、不意に携帯電話の着信音が響いた。鳴っていたのは高橋の携帯で母親からだった。帰りが遅いのを心配しての連絡だった。

「途中で友達に会ったんです。だから、夕飯は先にすませてください」

携帯をコートにしまうまでの一部始終を、一ノ瀬はじっと見ていた。

「そろそろ帰るか。腹減ってきたしな」

椅子から立ち上がり、一ノ瀬は窓辺に近づいた。暖房のスイッチを切る。途端にあたりはシンとなった。そばに戻ってきた男に、もう一度「ありがとう」と声をかけた。

「今日は君に会えて、本当によかった」

一ノ瀬は曖昧《あいまい》な表情で笑ってから、職員室の入り口まで歩いた。引き戸の前で立ち止まり、なぜかそこから先に進まなくなってしまった。

「一ノ瀬？」

「一つだけ聞いてもいいか」

神妙な面持《おもも》ちで、一ノ瀬が振り返った。

「お前、本当は俺のこと嫌いなんだろ。顔も見たくないんじゃないのか？」

「そんなことないよ」

否定したが、向かいに立つ男の顔は納得していなかった。

「お前が俺のことを避けてたってのはわかってるんだ。気をつかわなくていいから、本当のことを言ってくれよ」

戸惑う高橋に、一ノ瀬はなおも食い下がってきた。

「今さらこんなこと聞いて、お前を嫌な気分にさせて大人げないって思うけどずっと気になってたんだ。どうして避けられるようになったのか思い当たらなくてさ……いや、これは嘘だな。思い当たることはいくつかあって……」

震えるように、一ノ瀬は息をついた。

「みんなに『何を考えてるかわからない』『暗い』って言われてたお前が、俺とだけ仲いいのが嬉しかったよ。だから他の奴と仲よくならなきゃいいって、ずっと思ってた。お前はどんな奴かって聞かれても『面白くない』とか『ノリが悪い』とかみんなが嫌がりそうなことをわざと言ったりしてさ。……そういう俺のいやらしいとこ全部、お前は知ってたんだろう」

大人の男が、顔を歪《ゆが》めて声を絞り出す。正直、高橋は彼が自分のことを他人にどう話していたかなんて知らなかった。

「頭、悪いよな。思い出してもうんざりする」

うなだれたあとで、一ノ瀬は「ごめん」と小声で呟いた。思いのベクトルの向かう方角が微妙にずれていたとしても、ある意味、自分たちは相思相愛と言えなくはなかったのかもしれないと思った。

「小学生の時、担任の先生に友達をたくさん作りなさいと言われた。だけど僕はそれが苦手だった」

うなだれた頭が、ゆっくりと上を向いた。

「友達は、君だけでよかった。だから気にしなくてよかったんだ」

過去をさらけ出し、本音で語りかけてくれた人に、もう自分を取り繕《つくろ》うべきじゃないと思った。両手を強く握り締め、唇を噛《か》んだ。

「一ノ瀬」

普段通りに喋ろうとしても、自然と声が震えた。

「……僕はゲイだ」

告白に、男はわずかに首を傾《かし》げた。

「ずっと君のことが好きだった」


一本、吸っていい？　そう前置きして煙草に火をつけた一ノ瀬は、職員室の出入り口である引き戸の前に座り込んだ。自分だけ立って彼を見下ろしているという構図にも違和感があり、少し距離を取って高橋も床に座った。

一度だけ、隣を見た。ぼんやりと天井に上っていく煙を見つめている横顔からは、自分の告白をどうとらえたのか、その心情まで読み取れるはずもなかった。一ノ瀬が次にどう出てくるのか、予測がつかない。同情にしろ軽蔑にしろ、衝撃に耐えうるだけの心の準備をする。

暖かい空気の流れが途絶えた部屋の中に、じわりと冷たさが忍び込む。高橋はコートの胸許を無意識に掻き合わせていた。

「そういうのはさ、テレビの中だけの話かと思ってたよ」

一ノ瀬はふらりと立ち上がると、灰皿を片手に戻ってきた。

「驚いたのは確かだけど、それほど動揺してないぜ。お前がそうだって、実感がないのもあるけどさ」

「そんなものなのかな」

少し笑って、一ノ瀬は肩を竦めた。

「そんなもんじゃねえの？」

つられて笑い、それと同時に頬を熱いものが滑り落ちた。慌てて両手で目許を隠したものの、緊張が解けた体から、涙腺からとめどなく溢れる。「しょうもないことで、泣くんじゃねえよ」と宥《なだ》めるように呟かれ、軽く頭を小突《こづ》かれた。

「初めて……」

言葉が続かず、大きくしゃくり上げた。鼻水が止まらず、すすり上げているとティッシュが目の前に差し出された。鷲《わし》づかみにして、顔に押し当てた。

「初めて、人に自分の性指向を話した」

うつむいて、背中を丸める。

「……怖かった……」

黙っていればわからない。誰にも軽蔑されたりしない。そっちのほうがはるかに楽だった。楽でいてもよかったのに……嘘をつきたくないと思った。彼の誠実さに、それに見あう態度で返事をしたかった。髪の毛に触れられる気配がした。無造作に掻き回される。

「偉かったよ、お前」

気休めではない優しさ。涙をこらえていろというのが無理な話だった。

「最初に話をしたのが、君でよかった」

震える声で、告白した。

「君を好きになって、よかった」

恋心を自覚した時は、切なかった。叶《かな》うことのない恋に、絶望した。何年も何年も気持ちを引きずって、自分がゲイであることを恨み、友達ですらいられなかった運命を呪《のろ》った。

高橋が一ノ瀬からもらったものは、望むまでもなく最高な……片恋の結末だった。

気持ちの赴《おもむ》くまま、涙と鼻水混じりの感情を垂れ流した。しばらくそうしたあとでふと我に返り、猛烈な羞恥《しゅうち》に襲われたが、さらけ出してしまったものは取り返しがつかなかった。

一ノ瀬は黙ってそばにいてくれた。言葉ではない優しさが、身の内に染みるようだった。

カチカチと音が聞こえて隣を見ると、一ノ瀬がまるで子供のようにライターの火をつけたり消したりを繰り返していた。灰皿の隣には、煙草の空《から》のパッケージが転がっている。

「さっきからずっと考えてたんだけど、お前って今でも俺のことが好きなの？」

視線が合うと同時に、真顔で聞かれた。

「えっ……」

「恋人になりたいとか、思ってたりするのか？」

迫られることを心配しているんだと思い、笑って首を横に振った。

「そういうんじゃないから、安心していいよ。今、付き合っている人もいるし」

えっ、と驚いたように一ノ瀬は顔を突き出してきた。

「お前、恋人がいるの？」

「うん」

口許に手をあて「うーん」と低く唸ったあと、一ノ瀬は上目遣《うわめづか》いにこちらを見た。

「どんな奴か、聞いてもいいか？」

気をつかった、遠慮がちな口調がおかしかった。

「優しい人だよ。……年下だけど」

恋人の顔が、脳裏を過る。お互い別々にアパートを借りて暮らしているが、恋人は高橋の部屋に入り浸《びた》って、自分の部屋には滅多に帰らない。この前、久しぶりに自分のアパートのベッドで寝たら、人の家みたいで落ち着かなかったと愚痴《ぐち》っていた。

「付き合ってどれぐらいになるんだ？」

指を折りながら「八年かな」と答えた。

「……けっこう長いな」

人から見れば長いかもしれないが、高橋にとってこの八年はあっという間だった。出会った時は高校生だった彼が、大学を卒業し、社会人になった。成長していく過程は鮮やかで、日に日に大人びていく彼を、一抹《いちまつ》の不安とともに眩《まぶ》しく見つめていた。

「……以前、女友達に聞いたんだけど、ヒトの恋愛のサイクルっていうのは平均して五年なんだってさ。五年経ったら恋人でも、夫婦でも、不倫でも冷めてくらしいんだよ。俺もなんとなく思い当たることがあったんだけど、お前はどうなの？　八年も付き合ってて、相手に飽きたとかそんなことねえの？」

考えるまでもなく、高橋は首を横に振った。

「僕はないよ」

「お前は本当にそいつと相性がいいんだな」

一ノ瀬は、自嘲《じちょう》気味に笑った。

「ヒトの恋愛サイクルの話を聞いた時、俺は一気に気持ちが冷めたよ。運命だって信じてたものが、単にヒトのパターンに組み込まれただけのものに左右されるんだって思ったら、なんかアホらしい気がしてさ」

八年続いたことを「相性がいい」だけで片付けられてしまうことや、一ノ瀬が恋愛に対してどこか投げやりなのが気になった。だけどそれらを意地になって否定するのも、どこかずれているような気がする。

「僕は自分でもうんざりするぐらいつまらない人間だよ。欠点も多い。だけど……」

膝の上で組み合わせた両手を、高橋は強く握り締めた。

「どうしても続けられない、駄目だって自分なりに納得するまで、できる限り頑張ってみようと思うんだ」

「頑張るのはいいけどさ、それが相手の迷惑になったらどうするんだよ？」

痛い部分をチクリと突かれた。

「それは……」

「引き際ってのも、肝心だろ」

確かに恋愛沙汰《ざた》であとまでごちゃごちゃと揉《も》めるのはみっともない。わかっていても高橋は自分があっさりと今の恋人を諦《あきら》められるとは思えなかった。

「僕は、君が他の誰かを好きになるのを見ているのがつらくて、遠くの高校へ進学した。そういう逃げ方しかできなかった。だけどそれは根本の解決にはならなくて、気持ちを何年も引きずった。あの時の僕じゃ無理だったと思うけど、もし仮に君と正面から向かい合う勇気があったなら、頑張ることができていたら、もう少し何か変わってたんじゃないかと思うんだ」

一ノ瀬は自分が丸めた煙草のパッケージを手に取り、指先の上で弄《もてあそ》びながら「ふうん」と相槌《あいづち》を打った。

「じゃあさ、俺に好きだって言ってたら、お前はどんな風に変わってたと思うんだ？」

少し考えた。

「……教師にはなっていなかったかもしれない」

一ノ瀬は「どうして」と聞いてきた。

「安易だと笑われるかもしれないけど、僕が教師になったのは君が昔、なりたいって言ってたのを覚えてたからだから。他にしたいことがなかった、というのも確かにあるけど。でもちゃんと振られていたら、君の夢を模倣するようなことはなかったんじゃないかと思う」

高橋はうつむいて、目を閉じた。

「大学を卒業して、就職してからも、僕はずっと君のことを忘れられなかった。もう何年も、顔も見たこともない君が、心の中で恋人だった。記憶が薄れて君の姿が曖昧になっても、感覚だけは不思議と残るんだ。切ないとか、苦しいとか、その時の気持ちが、何かの拍子《ひょうし》にまるで手に取るように戻ってきた。気持ちの整理がついていたら、少なくともそういう種類の痛みはなかったような気がする。

「それとはちょっと違うかもしんないけどさ、俺もお前のことが忘れられなかったよ。ずっと気になってた。いきなり音信不通になるぐらい嫌われたと思って、それが子供心にショックでさ。どうしてだろう、どうして駄目だったんだろうって延々考えて、この歳になるまで引きずったよ。何をそんなにこだわってるんだって、自分に突っ込み入れたくなるぐらいさ。でもそういうのって、ちゃんとわかってなかったから、よけいに気になったんだろうな」

しみじみ呟いたあとで、一ノ瀬は「あれ？」と首を傾げた。

「これってさ、お前が中学の時に俺に『好きだ』って言って、俺が『ごめん』って返事してたら、そこで終わってた話なのかな」

「そうかもしれない」

肩を震わせて笑ったあと、一ノ瀬は頭の後ろで指先を組み合わせ、上向き加減に「俺さあ……」と呟いた。

「ついでだからぶっちゃけた話をすると、三年前に離婚したんだよ」

驚いて相槌も打てなかった。

「すごく好きになった女で、一緒にいるのはこいつしかいないって思って結婚したんだよ。けど二年、三年経つうちに、妙にギクシャクしてきて、しまいには顔も見たくねえとか思うようになってさ。子供もいたから親権で揉めて、結局向こうが引き取ることになったんだけどな。離婚なんて多いもんだし、どうして駄目になったかなんて突き詰めて考えたりしなかった。そんな時にヒトの恋愛サイクルは五年なんて話を聞いて、ちょうど別れたのが五年目だったから、そういうもんなのかなって納得したりしてさ。けどそういうのって、単に考えるのが嫌で、逃げてただけなんだろうな」

一ノ瀬はフウッと大きな息をついた。

「結婚した時は、これでこいつの愛情は自分だけのもんだって、安心したんだ。けど、それって思い上がりなんだよな。一緒にいるから愛情があるのも当たり前って勘違いして、どんどんズボラになって、しまいには愛想を尽かされた。どちらかが浮気したってわけじゃなかったから、ホント、そうだったんだろうって思うよ」

視線が、高橋を捕えた。

「俺が、お前にこだわるみたいにあいつのことを考えてたら……どうしてだろう、なんでだろうってもっと深く突き詰めてたら、結果も違ってたのかもしれないな」

慰めとも、励ましとも違う。必然の沈黙が、まとわりつく。深刻な空気を追い払うように「腹減ったなー」とガラリと口調を変え、一ノ瀬は立ち上がった。

「離婚してから実家に帰ったんだけど、厄介者《やっかいもの》扱いでさ。肩身狭いったらねえんだよ。俺も一人が気楽なんだけど、養育費とかあるからあんま余裕なくてさ」

大きく背伸びした一ノ瀬が、笑って高橋の肩を小突いた。

「お前が深刻な顔することないだろう。貧乏で寂しいけど、俺は不幸なわけじゃないんだからさ」

床の灰皿とゴミを片付け、職員室の電気を消した。廊下に出ると、そこは暖房の切れた部屋の中よりも確実に寒かった。パタリ、パタリとスリッパの足音が大きく響く。前を歩いていた一ノ瀬が不意に立ち止まり、「どれだけ相手を思いやれるかってことなんだろうな」とぽつりと呟いた。

「お前が俺を好きだったのも、俺がお前にこだわってたのも、それが形になるわけじゃないから曖昧だろ。それなのに、夫婦をやってた俺と奥さんの関係より長いんだよ。だから人との関係っていうのは、紙切れ一枚で決められるもんじゃないし、そんなものにはなんの効力もない。どれだけ相手を思いやれるかってことに尽きるんだろうな」

あれっ、と一ノ瀬は首を傾げた。

「そういや、同じようなことといつも子供に話してるのにな。俺、今まで何考えて喋ってたんだろ」

高橋が笑うと、一ノ瀬もつられるように笑っていた。玄関まで戻ってきて、靴を履こうとしたところで高橋は前もって注意されていたにもかかわらず、五センチほどの段差につまずいて前のめりに転んだ。「暗いから足許に気をつけろって言っただろ」と呆《あき》れたように右手が差し出される。つかんだ手のひらは、温かくて力強かった。

「ありがとう」

言い終わるか終わらないかのうちに、軽く抱き締められた。ドキリとしたけれど、それは気持ちの残り香のようなもので、胸の中が激しく騒ぎ立てることはなかった。一ノ瀬はまるで子供に接するように、高橋の頭をポンポンと軽く叩いた。

「キスぐらいしとくか？」

間近で聞こえる声にも動揺することなく、高橋は「どうして？」と聞いた。彼は「なんとなく」とうつむき加減に呟く。同情から来る行為のような気はしたが、その部分を突き詰めては聞けなかった。

「僕はしないほうがいいと思う」

途端、一ノ瀬は真っ赤になった。慌てて高橋から距離を取ると、くるりと背中を向けた。

「悪い、今の忘れてくれ」

耳の先まで赤くして、落ち着きなくその場で足踏みした男は「先に外、出てるからさ」と慌《あわただ》しく玄関をあとにした。少し遅れて高橋も靴を履き、外へ出る。表は相変わらず寒くて、近くが見えないほど吹雪《ふぶ》いていた。高く、低く風の音が渦巻いて、吹きつけてくる。

玄関先から、一ノ瀬は動かなかった。ずっと唸るような雪を見ている。

「……ずっと考えてたんだよ。もしお前に恋人がいなくて、今でも俺のこと好きだって言ったら、俺はどうしたんだろうって。ホント、どうしたんだろうって考えてさ。今さら想像したって仕方ないんだけど……」

その先を、聞く必要はなかった。

「お前はさ、頑張れよ」

風の音に負けてしまいそうな声だった。振り向くと、彼は寒そうに凍《こご》える頬を少し歪めて笑った。

「俺なんかに言われなくたって、お前は頑張るんだろうけどさ」

見つめ合って、言葉が消えた。口付けの気配に、前置きはなかった。かすかに触れるだけの、小学生のようなキスだったのに、初めてキスした時のように緊張した。終わったあとで、不意にそっぽを向いた一ノ瀬は「お前、絶対にありがとうなんて言うなよ」と、前もって高橋の気づかいを牽制《けんせい》し、うつむいた。


一ノ瀬とは校門を出たところで別れた。途中で振り返り、雪にかき消されていく背中を見送りながら、もう二度と会うことはないような気がした。きっと彼から連絡は来ない。携帯の番号と住所を交換したのに、そんな気がして仕方なかった。

向かい風に肩を竦めてうつむき加減に雪の中を歩き、すぐそこに家が見えるというところまで帰ってきた時に、携帯が鳴り出した。着信音は恋人からのもので、高橋は慌ててコートの中から携帯を取り出した。

恋人の声が風の音でよく聞こえない。震える指で携帯を握り締めたまま、高橋はシャッターの閉まった店先へと移動した。

『すごく声が聞きづらいけど、今どこにいるんだ？』

少しでも雑音をガードしようと、口許を手で覆った。

「外を歩いてたんだ。雪と風が強くて……」

『コンビニへでも行ってたの？』

「散歩をしていて……」

短い沈黙のあと、恋人の笑い声が聞こえた。

『すっごい雪だよ。こんな日に散歩なんかしてたら、間違いなく遭難するんじゃないの』

「家を出た時は、そんなにひどくなかったから」

どんだけ散歩してたんだよ……と恋人は呆れていた。電話の背後でザワザワと人混みの気配がする。土曜日も仕事だと言っていたから、まだ家に帰ってないのかもしれない。

『俺、今駅にいるんだけど、出てこられないかな』

「駅？」

『呉胡《くれご》って駅なんだけど。本当は一番近い赤平塚《あかひらつか》まで行きたかったけど、最終だっていう急行列車がここでしか止まらなかったんだ。で、駅の人に聞いたら、赤塚は無人駅だって言うから、ゆっくり話をできるような場所もないんじゃないかと思って。遅くに悪いけど……』

恋人が近くに来ている。動揺か、寒さかわからないまま指が震えた。

「今日は仕事だって言ってたじゃないか」

『終わってから、電車に乗ったんだよ。だからこんな時間になったんだけど』

「明日は帰るって、言ってあっただろう。わざわざ来なくてもよかったのに」

『……迷惑だった？』

「そういう意味じゃなくて……」

上手《うま》く言えない言葉がもどかしかった。

「今から駅に行くから、とにかくそこで待ってて」

『うん』

電話を切ったあと、高橋は足早に国道沿いまで出ると、まばらな車の流れにタクシーを必死で探した。

売店も閉まり、閑散《かんさん》とした駅の待合室に、恋人の里見浩一《さとみこういち》は一人でぽつんと腰掛けていた。手にしていたのはいつも仕事に使っている革のバッグが一つだけ。ぼんやりと壁を見つめていた横顔が、高橋の存在に気づいた途端、ぱっと表情を変えた。椅子から立ち上がり、駆け寄ってくる。

「急に来てごめん」

最初に彼は謝った。灰色のスーツの上下に紺色のコートは、そのままふだんの通勤着だった。

「けど、不意に思い立ったわけじゃないんだ。前もって言おうかとも思ったんだけど、そしたら駄目って言われそうな気がしたから」

「……理由が知りたい」

恋人は周囲をぐるりと見渡し、曖昧に笑った。

「人はいないけど、ここじゃなんだから場所を変えようよ。近くにビジネスホテルがあったから、今日はそこに泊まることにしてるんだ」

促されて、待合室を出た。その際、恋人は初老の駅員に声をかけ、礼を言っていた。

「駅やホテルのこと、親切に教えてくれたんだ」

人当たりのいい彼は、初対面の人とも物怖《ものお》じせずに話をする。教師なのに人見知りをして、喋るのが得意でなく、人との関わりを極力避けようとする自分とは正反対だった。

大通りを挟《はさ》んだ向かい側にあるビジネスホテルは、駅から見えていた。道はそう広いわけでもないのに、恋人は高橋の隣を歩いた。案《あん》の定《じょう》、向かいから自転車が来て、避けようと思ったら肩を引き寄せられた。肩を抱いたまま歩かれそうな気がして、少し距離を取る。……人前で触れ合うのは今でも苦手だ。いったん離れてしまうと、指はそれ以上追いかけてきたりしなかった。

ホテルの部屋は狭く、殺風景だった。恋人は真っ先に暖房のスイッチを入れ、コートを脱いだ。窓辺に近づき、カーテンを開く。

「やっぱり雪、すごいよ」

背広の背後から、窓の外へ視線を向ける。駅の外灯があるはずの方角は、底から淡い光がぼんやりと反射するだけで、何も見えなかった。

やや鋭角的な恋人の横顔を見ているうちに、昨日の夜の会話を思い出した。「親戚の葬式があるから、二日ほど家に帰る」そう電話で告げた時、葬式だと言っているにもかかわらず「どうして？」と彼は聞いてきた。遠縁で、無理をしてまで駆けつける必要がないのを知られているような気がして気まずかったが、葬式だと繰り返すと深くは詮索されなかった。

そっと頬に触れてきた指先に、高橋の背中がビクリと震えた。

「俺の手、冷たい？」

首を横に振ると、彼は少し笑った。手のひらで味わうみたいに頬や顎先を撫《な》でたあと、首筋に手を添えたまま高橋を引き寄せた。キスは、包み込むような恋人の唇は、驚くほど温かかった。

「いったいどれだけ散歩してたんだよ」

肩口で、彼はため息をついた。

「体、冷えきってるじゃん」

諭《さと》すような口調でそう言ったあと、彼はスーツの上着を脱いでバスルームに入った。水の音が響く。

「とにかく体を温める。話はそれからだね」

ワイシャツを腕まくりして出てきた彼に、有無を言わさずユニットバスに押し込まれた。自分を心配してのことだとわかっているから逆らえず、素直に言うことを聞く。服を脱いで、湯の中に入ると指先がじわりと痺《しび》れた。温かいと思うよりも痺れが先で、どれだけ自分が凍えていたのかを思い知らされる。

コンコンとユニットバスのドアがノックされたのは、高橋が湯に入ってから十分ほど経ってからだった。

「入ってもいい？」

「もうすぐ出るから」

やんわりと断ったのに「ちょっとだけ」とドアが開いた。無遠慮な恋人がシャワーカーテンをはぐる気配に、高橋は慌てて浴槽の中に体を沈め、膝を抱えた。

「ちゃんと温まってる？」

そう聞いてくるワイシャツの胸許に、ネクタイはなかった。ボタンも上から二つはずされている。そして何よりリラックスの象徴は、右手で揺れるビール缶だった。

「ああ、ずいぶんと顔色がよくなったかも」

恋人はバスマットの上に座り込むと、高橋の濡《ぬ》れた頬を指先で撫でた。

「青白い顔をしてたから、心配だったんだよ。最初は駅の待合室の照明が暗いせいかと思ってたけど、そうじゃなかったし。おまけに触ったら氷みたいに冷たいしさ」

恋人は手にしていたビールを美味《おい》しそうにゴクゴクと飲んだ。視線が合うと「飲んでみる？」と差し出してきた。

「ビールも一口目は好きだって言ってたよね」

少し迷ったけれど、受け取った。飲んでみたいという興味のほうが勝ったからだ。ふだんはほとんど飲まない。炭酸が苦手なので、飲んでも日本酒だった。ビールは付き合いでたしなむ程度。だけど疲れたあとの最初の一口に限っては、ビールも美味しいと思っていた。

冷たい炭酸は、喉《のど》を通過した途端に腹の底でカッと熱を持った。過剰なアルコールの反応に、高橋は自分が何も食べておらず、空腹だったことを思い出した。

再び頬を撫でながら、恋人は露骨なぐらいニヤニヤした。

「どうして笑う？」

問いかけると、撫でていた指が軽く頬を摘《つま》んだ。

「タコみたいに真っ赤」

アルコールで上気した顔を笑われたと知って、恥ずかしさのあまり泣きそうになった。触れていた指を払い、恋人に背を向けた。狭い中では、そうやって逃げるのが精一杯だった。

「そんなに怒らなくても、赤くて可愛いんだって」

どんな言い方をしても、彼が自分を笑ったのは事実だった。だから壁に向かって口を引き結んだまま、振り返らなかった。

右腕をつかまれ、いささか強引に引き寄せられる。ご機嫌を取るようなキスは、セックスの気配がした。自分は怒っていたのに、そんなことなどどうでもよくなってきて、現実の気持ちよさに飲み込まれていく。バスルームでの経験がないわけではなく……想像しただけで、下半身がじわりと固くなった。

唇が離れた。彼が濡れて光る唇を指先でなぞりながら、高橋を抱き締める。

「このまま浴槽の中に飛び込んじゃいたいけど、そしたら話どころじゃなくなるよな、絶対……」

ボソリと呟き、恋人は湯気で湿った高橋の髪をまさぐった。

「体が十分温まったって思ったら、出ておいで。あ、それと髪洗ってきて」

さんざん高橋を翻弄してから、彼はバスルームを出ていった。こんな狭い場所で積極的にセックスをしたかったわけでもないけど、中途半端に煽《あお》られた熱は腰に鈍く巻きついていた。

髪を念入りに洗っているうちに、体の興奮もようやく冷めていった。

部屋に備え付けの浴衣《ゆかた》を借り、バスルームを出たのはずいぶんと時間が経ってからだった。ワイシャツの胸許をはだけたまま、ベッドの上であぐらをかいてテレビを見ていた彼は、高橋に気づくと「こっちにおいで」と手招きした。

「髪、乾かすから」

呼ばれるがまま、ベッドに上がる。彼にドライヤーで髪を乾かしてもらっている間、高橋はうつむいたままじっと目を閉じていた。髪を洗ったあとで、恋人に乾かしてもらうのはいつものことだった。髪ぐらい自分で乾かせるのに任せきりにしているのは、彼がそうしたがっているような気がしたからだ。それに自分も大きな手に弄《いじ》られるのは、気持ちよくて好きだった。

綺麗に髪を乾かしたあと、彼は高橋の頭に顔を近づけて犬みたいにクンと鼻を鳴らした。

「今日、煙草を吸う人と一緒にいた？」

彼の指摘に、心臓が止まりそうになった。

「洗うまで、髪から煙草の匂いがしてたから」

うつむいて、高橋は唇を噛んだ。自分が嘘をつくのが下手《へた》だという自覚はある。のんびりと構えている恋人が意外に鋭いことも知っている。それなら素直に話をしたほうがましのような気がした。

「中学校の友達に会ってたんだ」

彼が「ふうん」と相槌を打った。

「それって、前に好きだって言ってた人？」

核心を突いてくる恋人が、正直怖かった。

「……どうして知ってるんだ」

彼は肩を竦めた。

「知ってるも何も、あんたの中学の時の友達の話って、好きだったって奴のことしか聞いたことないから」

聞けば単純な種明かしに、自分の間抜けさを呪った。「さあて」と息をついたあと、恋人は高橋を引き寄せて背後から抱き締めた。

「一応、探《さぐ》りとか入れとこうか。どうして今さらそいつに会いに行ったの？」

体が密着するから、怯《おび》えも焦《あせ》りもダイレクトに伝わる。嘘もつけなかった。

「偶然会ったんだ」

ふうん、と呟いて彼は高橋をしっかりと抱き直した。

「どんな話をしたの？」

「色々と」

「前は好きだったって、言ってみた？」

うん……と返事をすると、聞いてきたくせに意外なほど恋人は驚いていた。

「どうして喋ったの？」

突っ込んで聞かれる。

「一ノ瀬が、その……中学の時の友達が、本音で僕と話をしてくれたんだ。自分に都合の悪い部分も、隠したり繕ったりせずに。だから僕も彼に嘘をつきたくなかった」

あの時のことを思い出して、胸が痛くなる。高橋は自分を抱き締める男の腕を強く握り締めた。

「軽蔑されても仕方ないって覚悟してた。だけど一ノ瀬は……」

絶妙のタイミングで頭を撫でられて、涙腺が一気に緩んだ。

「一ノ瀬は理解してくれて……」

親指で涙を拭《ぬぐ》われ、引き寄せられるままキスした。感情を昂《たかぶ》らせる高橋を落ち着けようとするように、優しい愛撫《あいぶ》は繰り返された。

「友達が理解してくれたのはさ、あんたが真剣だったからだよ。そういう気持ちが、向こうにもちゃんと伝わったんだと思うよ」

嬉しくて、また涙が出そうになり慌てて目尻を擦《こす》った。背後の男に無意識に体を擦りつけ、目を閉じる。

「傷ついても……君に慰めてもらえると思った」

向かい合わせにした高橋を、膝の上に抱き上げるような形で恋人は一際《ひときわ》強く抱き締めてきた。その息詰まるような拘束感《こうそく》は、もう何にも替えがたい幸せだった。付き合いはじめた頃は、正直先が不安でたまらなかった。一人の人間との肉体関係を含めた密な付き合いは初めてな上、恋人は十も年下だった。これまで諍《いさか》いがなかったといえば嘘になるが、それよりも一緒にいることの喜びのほうがはるかに大きかった。

膝の上に乗せた高橋の頬を撫でながら、恋人はぽつりと呟いた。

「いつも言ってるし、改めて言うのもどうかと思うけど、俺はあんたのことが好きだよ。八年も付き合ってて、よく飽きないなって言われるけど、飽きるどころか、もっとそばにいたいって思うしさ。一日でも顔見てないと寂しいし。それにあんたが俺のことすごく好きだってのもよくわかってる。わかってるけど……俺のためだって言って、無理する必要はないんだよ」

見つめてくる視線に胸が詰まり、目を伏せた。

「この前からさ、様子が変だなって思ってたんだ。あんた、ストレス溜《た》まると親指の爪とか嚙み出すから、気になってさ。仕事で面倒があるなんて話は聞いてないし、俺のせいかって考えると、思い当たることあるし……」

髪をクシャッと掻き混ぜられた。

「俺が養子縁組をしたいって言ったこと、気にしてんだろ」

体がピクリと震えた。

「俺は俺なりに考えての結論だし、親を説得する覚悟もあるよ。けどそれは俺の気持ちだから、あんたが嫌なら嫌でいいんだよ。断られたからって、俺はあんたを嫌いになったりできないんだから」

それに……と彼は続けた。

「養子となると、お互いの親に黙ってるわけにもいかない。俺が自分の親と向かい合うより、あんたがあんたの親と向かい合うほうがストレスが強いんだろうなってのも想像できる。誰だって親との間に波風立てたくないし、できることなら一生自分の性指向を知られたくないって思うだろうし……」

心の中がガラス張りになって透けてるようで、彼の口から語られる「自分」が怖かった。

「嫌なら嫌って言えばいいのに、あんたは真面目《まじめ》だから考えたんだろ。ストレス溜まってひっきりなしに爪を噛んじゃうぐらいさ。もう一回、話し合っといたほうがいいかなって思ってたら、急に田舎に帰るとか言い出すしさ。しかも電話で。さすがにこりゃヤバイと思って、仕事が終わってから慌てて追いかけてきたんだよ」

両手で頭をつかまれた。額に額を押しつけられる。

「無理して親に俺たちのことを話そうとしなくていいよ。一生言わなくていい。あんたが本当にそうしたいって思うまで、言うことないんだ。俺に気をつかうこともないし、そうしなかったからって言って、あんたがずるいわけでも、臆病《おくびょう》なわけでもない」

「ごめ……」

「謝らなくていいって。あんたの性格考えずに、結論から突きつけちゃった俺にも問題はあるんだからさ」

謝らなくてもいいと言ってるのに謝っていたら、キスされた。それがどんどん深くなって、気づけば熱い指に浴衣を剝《は》ぎ取られていた。

「あんたが俺へ義理立てすることで、後悔するのを見るのは絶対に嫌だ」

耳許に囁《ささや》かれる。嫌な思いをすることになっても、後悔はしないと言おうとしたけれど、求めてくる唇に抗《あらが》えず、言葉を飲み込んだ。

高橋をベッドの上に組み敷くと、その上に恋人は折り重なってきた。

「久しぶりに実家に帰ってるんだから、話をしたら早くに帰そうと思ってたんだ。けど、駄目かもしれない。ごめん……遅くなってもちゃんと家まで送るから」

そう断ったあと、彼は高橋の首筋に跡が残るような痛いキスをした。


結局、家に帰るのはやめた。十二時を回ってしまったし、高橋も帰りたくないと思ってしまったからだ。いつまで吹雪いていたのかもう記憶にないが、いつの間にか窓はカタカタと揺れなくなっていた。

一通りの行為をすませてしまったあとも、離れがたくてベッドの中でじゃれ合って過ごした。深いキスや浅いキス、頬へのキスや瞼《まぶた》へのキスを繰り返す。

「俺はさ、養子縁組とかそういう繋《つな》がりにこだわってたんじゃないんだ」

温かい胸に顔を押しつけて、気《け》だるさを持て余しながらウトウトとしかけた時、髪をまさぐっていた恋人が耳許に囁いてきた。

「俺はちゃんと、あんたに責任持てる立場になりたかっただけなんだ。例えば、あんたがすっごい怪我《けが》をして、病院に行ったとするだろ。そこで身内の人しか会えませんって言われたら、きっと俺は弾《はじ》かれるよ。ずっとそばにいたくても『どうして』って聞かれるんだ。恋人ですって言ってもいいんだけど、恋人でも所詮《しょせん》他人だって言われたらお終《しま》いだし。それなら養子縁組して家族になってたほうが、そういう意味で悔しい思いをすることないかって思ったんだ」

高橋はじわりと体を起こして両肘《ひじ》をつくと、語る恋人をじっと見つめた。

「どんな時でも俺はあんたのそばにいる。そばにいたいよ」

こんなに好きなのに、結婚できたらいいのにな……と恋人は笑い、高橋の頬を撫でた。

「冗談かと思うかもしれないけど、俺けっこうマジだよ」

胸の中は温かいものでいっぱいで、今にも口から溢れ出そうだった。恋人ににじり寄って、高橋はそっとキスした。こんなに愛しいものがこの世に存在していることが、信じられなくなった。短い前髪の額に、そっと触れた。

「朝になったら……うちにおいで」

恋人は首を傾げた。

「大切な人だと、家族に紹介させてほしい」

「無理しなくていいって……」

「そうじゃない」

言葉を遮《さえぎ》った。

「僕は僕の好きな人を、みんなに見てほしいから」

しばらく見つめ合ったあとで、恋人は浅く頷いた。そして高橋の体を強く引き寄せると、包み込むように抱き締めて「朝になったらね」と耳許に囁いた。


七月の初め、仕事から帰ってくると暑中見舞いの葉書が届いていた。見覚えがあるのに思い出せない筆跡に首を傾げ、差出人を見て驚いた。一ノ瀬からだった。

月並みな季節の挨拶《あいさつ》のあとに、恋人ができたと書かれてあった。※マークに続けて、なかなか美人だと書き添えられていて、少し笑った。

早くに仕事から帰ってきた恋人も、葉書に気づいた。「これって、友達？」と聞かれ「そうだよ」と答えると「あんまり字、上手くないね」と言っていた。

居間のテーブルの上には、出来合いのものだがふだんよりも少しだけ豪華な食事が並ぶ。メインは明日なのに、恋人は「前祝いだから」と妙に張り切っていた。

「上司に『養子に入るから、明日から名字が変わります』って言ったら、どんな大富豪のおばあちゃんをたぶらかしたんだって言われたよ」

恋人が、困ったように、そしてどこか嬉しそうに呟く。

「僕も養子をもらいます、って言ったら『いくつ？』って聞かれたよ」

互いに顔を見合わせて噴き出した。今でこそ笑えるが、すんなりとここまでたどり着けたわけではなかった。

恋人の家族は何も言わなかった。高橋が紹介されるまでに家族だけで何度も話し合ったと言っていたから、顔を合わせた時はすでに自分の存在は納得ずくという感じがした。

問題は高橋の家族だった。両親はおとなしい人たちなので、声を荒げることはなかったが、恋人の存在を快《こころよ》く思ってないのは一目瞭然《りょうぜん》だった。何度も話し合ったが、高橋が彼を愛していると言うと、決まって「もうそんな話は聞きたくない」と拒絶された。しまいには両親も疲れたようで「お前もいい大人だから、自分で考えて好きにしなさい」と言われ、問題を自

分ごと半《なか》ば放り出されたような形になった。

年老いた両親に理解を求めるのは永遠に無理な気がして、正直に話したのがよかったのか悪かったのか判断はできないが、後悔はしていなかった。

「これってさ、ある意味独身最後の夜かな」

恋人が聞いてくる。

「そうかもしれないね」

三か月前から、以前住んでいたアパートを引き払って、恋人は本格的に自分の部屋に転がり込んできている。明日、籍を入れに行くが、同じ戸籍に名前が連なるというだけで、生活に変化があるわけでもなかった。

「今さらになるけどさ、こういう節目節目のけじめっていうのは必要だと思うんだ」

高橋は食事の手を止めて、恋人を見た。

「これまでありがとうございました。これからもよろしくお願いします」

きっちりと頭を下げてくる男に、少し笑って高橋も頭を下げた。

「こちらこそ、よろしくお願いします」

照れたように笑ったあと、恋人は「ずっと一緒にいようね」と付け足した。

窓の外で、ジリジリと蟬《せみ》の鳴き声が聞こえた。彼と出会ってから九年目、家族になって初めての夏が、これから始まろうとしていた。

春の嵐

コンビニで酒を選んでいると、背後から騒々しい雰囲気《ふんいき》が近づいてきた。足音も声も不愉快になるほどほどうるさい。そうして隣に並んだのは大学生のような二人連れで、既《すで》に幾分酒が入っている気配だった。

「なぁ、まだ飲むの？　まだ飲むの？」

二人のうち一人が、同じ言葉を繰り返す。柿本高志《かきもとたかし》は悩みの回路を切り上げて、適当にビールと日本酒を……最初に目に付いたそれをコンビニの小さな籠《かご》の中に突っ込み、レジへと向かった。

重たいビニール袋を手に歩く。川沿いが近づいてくるにつれやけに騒がしくなった。一段低くなった土手に植えられた桜の下で宴会をしている人がいる。そこは花見スポットになっているのか、川岸にぼんぼりが照らされ、終わりかけた桜が盛大にハラハラと散っていた。さっきコンビニに流れてきていた酔っ払いも、このへんでできあがったのかもしれない。

強い風が吹いた。花見の名残の花びらが巻き上げられて、柿本の足許《あしもと》まで飛んでくる。部署でも花見はあったが、せっかちな幹事のせいで、花はまだ二分咲きの頃だった。

道が折れて、花見の喧騒《けんそう》からやや遠ざかる。去年できたばかりの新築マンションのエントランスに入り、教えられていた認証番号を打ち込むと第一関門、セキュリティの扉が開いた。エレベーターに乗り込み、ハーッとため息をつく。自分から「飲みたい」と誘っておきながら、この乗り気のなさは如何な物かと苦笑する。

インターフォンを押すと、誰なのかを確かめるでもなくドアが外側に開いた。

「はい、らっしゃい」

Tシャツにスウェットと楽そうな姿で里見浩一《さとみこういち》が出迎えてくれる。柿本が差し入れのビールと日本酒が入ったコンビニ袋を差し出すと、里見は「おっ、サンキュー」と玄関先で受け取った。

「そんな気ぃつかわなくてよかったのにさぁ」

口ではそう言いつつ、サッサと中を覗《のぞ》き込むあたり遠慮の影は薄い。

「こっちはつかうんだよ。材料とか買ってこなくていいっていうし」

「鍋《なべ》って言っても、メインは豚だからさ」

まぁ入れよ、と促されて、柿本は部屋の中に足を踏み入れた。去年、幼なじみで親友の里見がパートナーで十歳年上の高橋誠人《たかはしまこと》と共にマンションを購入した。「誠人と共同名義でマンションを買おうと思ってさ」と相談されても、さほど驚かなかった。前の年に「養子縁組しようと思ってさ」と告白された時に比べれば、インパクトは小さかったからだ。

マンションは男二人の家にしては片づいているし、綺麗《きれい》に掃除が行き届いている。柿本の知る限り、里見は片づけとは縁がなかったように思うので、高橋がしているのだろう。

「いらっしゃい、柿本君」

リビングに顔を出すと、炬燵《こたつ》の前に座っていた高橋が立ち上がった。

「すみません、お邪魔します」

柿本は小さく頭を下げた。高橋は今年、三十八になる。最初に見たのは高橋が二十六の時だったと思うが、その頃と見た目は殆《ほとん》ど変わらない。いや、目尻《めじり》の笑い皺《じわ》は多少深くなったかもしれない。

高橋は昔からおとなしくて、地味で目立たない存在だった。里見は「けっこう気が強いところもあるんだけどさ」と言うが、自分はその「気の強い」部分を感じたことはない。

「今日は鍋なんですよね。準備、手伝いますよ」

通勤鞄《かばん》を置き、スーツの上着を脱いでシャツを腕まくりしていると、高橋は「大丈夫だよ」と微笑《ほほえ》んだ。

「もう準備してあるんだ。すぐに食べられるよ。……ただちょっと変わり種の鍋なんだ。大丈夫かな？」

高橋が不安そうな顔をしている。

「俺、好き嫌いはないんで大丈夫ですよ。あっ、ピーマンだけは無理だけど、それも食えないことはないいし」

高橋は「ピーマンはないから安心して」と鍋の蓋《ふた》を開けた。クリーム色の煮汁に一瞬、味噌《みそ》かと思ったが、匂《にお》いが違う。柿本が鍋をじっと覗き込んでいることに気づいたのか、高橋は「これ、豆乳鍋なんだ」と教えてくれた。

「豆乳！」

声を上げた柿本に、高橋は苦笑いした。

「普通にすき焼きとかの方がいいんじゃないかと思ったんだけど、浩一がどうしてもこれが食べたいって言うから……」

「だってさぁ」

里見が拗《す》ねたように唇を尖《とが》らせた。

「前の日に『明日は豆乳鍋にしよう』って話をしてたから、俺の気持ち的にはどーしてもこれだったんだよ」

「けどせっかく柿本君が来るなら、こういう庶民的なのじゃなくて、肉がしっかり入っている方がよかったんじゃないかな」

「いいんだよ、柿本は俺と同じで庶民の出なんだから」

「おい、その庶民の出ってのは何だよ」

鍋をやる前から、ワイワイと妙に騒がしい。けどこういう囲気は嫌いじゃない。さっそく炬燵を囲んで、鍋がはじまった。豆乳鍋でも、スタイル的にはしゃぶしゃぶで、薄い肉や野菜を豆乳にくぐらせて、ポン酢で食べる。これがかなり美味《うま》かった。

柿本は実家を出て一人暮らしなので、食事はコンビニ弁当や出来合いのもので済ませてしまうことが多く、家で鍋をしたことはなかった。そういう話をすると、逆に里見は「俺ら、冬からずっと鍋ばっかりだよ」と肩を竦《すく》めた。

「買ってきた鍋の本の最初のページから全部、毎日作ってってたんだよ。毎回味が違っているから飽きないし。何より美味くて手間かかんなくて、安いしさ。うちは二人とも働いてるからローンは楽なんだけど、できるだけ繰り上げ返済でやってこうって話してるんだ」

二人が付き合いだした頃から柿本は知っているが、その関係はどこか絵空事のようだった。それなのに養子縁組やマンション購入と、絵空事にどんどんと現実が混ざっていっている。不思議な感覚だった。

「そういやお前さ、彼女とかいないの？　最近、全然そういう話を聞かないんだけど」

立て続けにビール缶を飲み干しながら、里見が聞いてくる。

「仕事が忙しいんだよ」

「お前、ここんとこずっとじゃん。寂しいなあ。背もそこそこあるし、顔も割と整ってる方なのにどうしてだろうな。やっぱその妥協のない性格のせいか？」

遠慮なく言われ「余計なお世話だ」と返した。

「付き合うとか何とか、そういうのはタイミングがあるんだよ」

高橋は自分たちの会話には混ざらず、日本酒を静かに、舐《な》めるようにして飲んでいる。里見を窘《たしな》めるでもなく、自分に加勢するでもない、微笑みながら中立地帯にいる。

何度か食事を共にするうちに、里見だけでなく高橋の嗜好《しこう》も何となくわかってきた。ビールは飲まない。日本酒は好きだが量が飲めない。そしてけっこう甘い物が好きなことも。

「今日は急にお前から連絡があって驚いたよ」

里見がビールを片手にフーッと息をつく。もう四本目じゃないだろうか。明日は土曜日で休みのせいなのかピッチが早い。そういう自分も、もうすぐ二本目が終わる。

「猛烈に飲みたい気分だったんだよ」

「まぁ人間、そんな時もあるよな」

カラカラと里見が笑う。会話の狭間《はざま》にメールの着信音が聞こえた。自分の上着から。

「ちょっとごめん」

断って携帯に出ると、メールは同期の桜木《さくらぎ》からで『どうして歓迎会に来てないの、つまんなーい。志田《しだ》君も残念がってたよ』と書かれてあった。すぐに返事が必要な内容でもない。そのまま上着に戻した。

今日の午後、二時も回ってから入社三年目の湊《みなと》に「今晩、空《あ》いてませんか？」と聞かれた。特に予定もなかった筈《はず》だと思いつつ「大丈夫だけど」と答えると、湊は「じゃあ柿本さんは出席」と紙切れに何か書き付けてた。

「今晩何があるの？」

「中国赴任から戻ってきた志田さんの歓迎会をしようと思って」

志田、と聞いて背の高い後輩の後ろ姿が脳裏を過《よぎ》る。胸の底がザワザワと波立ちはじめた。

「本人はそんなことしなくていい、気をつかわないでくれって言ってるんですけど。かしこまったんじゃなくて、簡単な飲み会みたいなのはやった方がいいんじゃないかって桜木さんに言われたんです。二年目までの子は志田さんのこと知らないし、こういう飲み会でも設けてた方が後々仕事もやりやすいんじゃないかって」

桜木はよく気が回る。柿本はデスクの上に置いてあったスケジュール帳を引き寄せ、湊に見えないようにして顔の前で開いた。

「……悪い、やっぱ今日は駄目だわ」

途端、湊が「えーっ」と抗議の声をあげる。

「友達と約束があったのを忘れてた。前に俺の方から予定をキャンセルしたから、今回はずらせないんだよ。悪いな」

湊が「それじゃあ仕方ないですけどー」と不満そうな口ぶりで納得する。その姿が遠くなってから、柿本は里見に『今晩、一緒に飲まないか』とメールを送った。

里見は『飲むのはいいけど、家でもいい？』とレスしてきた。柿本は迷った。家ということは、里見のマンションということになる。当然そこには、里見のパートナーである高橋もいるのだろう。

できることなら里見と二人だけがよかったが、店で飲みたいと言うと断られるかもしれない。今日はどうしても友人、それも会社と関わりのない人間との約束が欲しかった。高橋も苦手なだけで、嫌いな訳ではない。

高校教師で現代国語を教えていた高橋。柿本は一年生の時に一度だけ習った。印象としては可も不可もない教師だった。飛び抜けて熱心なわけでも、不真面目《ふまじめ》な訳でもない。十年後には「そういう先生もいたな」で終わっていた存在だった。……里見と恋愛関係にならなければ。

高橋は真面目だし、優《やさ》しいし、気遣いのできる男だと思う。何か嫌なことを言われた訳でもない。それならどこが気に入らないと聞かれて敢《あ》えて言うなら、高校三年の時に音楽準備室でセックスを見せつけられた衝撃かもしれなかった。

いい大人が、体を使って牽制《けんせい》する。度肝を抜かれたし、高橋のどこか暗い、オドオドしている癖に、粘着質な部分をあからさまに感じた。

それも昔のことで、二人は恋人同士を超えて家族になったし、若気の至りなど忘れればいい。それでもやっぱりあの男は性に合わないと思ってしまう。とはいえ自分に合わないというだけで無視することもなく、親友の恋人としてそつなく付き合ってきた。ただ、必要以上に関わらないようにして。

『お前の家でいいよ。で、何時に行ったらいい？』

柿本はそうメールを返した。高橋の存在と志田の歓迎会を天秤《てんびん》にかけて、志田の歓迎会の嫌さ加減の方が勝った。それぐらい行きたくなかった。

……急に里見の姿が見えなくなったと思ったら、床に転がってクウクウと寝息をたてていた。

「おい、里見」

声をかけても、口許を幸せそうにムニャムニャと動かしているだけだ。

「一人さっさと爆眠かよ！」

里見に文句を言ったのに、高橋が「ごめんね」と謝ってくる。

「最近、忙しくて帰りもずっと遅かったんだ。疲れが溜《た》まってたのかもしれない」

高橋は炬燵を抜け出すと、部屋の隅にあった膝《ひざ》掛けのようなものを手に取り、里見の上半身に掛けた。ついでのようにさりげなく、友人の短い髪の毛をそっと撫《な》でる。背筋にゾッと悪寒のようなものが走り、柿本は慌てて視線を逸《そ》らした。

「ビール、飲む？」

そう聞かれ、慌てて「あっ、お願いします」と答えた。高橋がビールを取りにキッチンへと歩いていく。その後ろ姿を見ながら、高橋が里見と関係を持ったのは、ちょうど今の自分ぐらいの歳《とし》だったんだなと気づいた。

今の自分が高校生と性的な関係を持つ。正直、想像できない。しかもこの二人は、学校で見境なくやっていた。盛っていたという面においては里見も同罪だが、十も年上の男に自制心はなかったのかと思ってしまう。自分が高橋を苦手に感じるのは、そういう部分も関係しているのかもしれなかった。

「どうぞ」

冷えたビールを手渡され「どうもすみません」と受け取った。

「……今日は浩一と二人で話をしたかったんじゃないの？」

さらりと高橋は切り出してきた。

「あ、いや……そんなことないですよ」

鋭い男に、内心の焦りを読み取られているような気がしてゴクリと唾を飲み込んだ。

「それならいいけど。柿本君は二人で話がしたいんじゃないかって言ったんだけど、相談事なら相談事って言う奴だからって浩一も言い張るし」

高橋は髪を掻《か》き上げた。里見の読みは半分当たっている。相談事はなかったが、二人が良かった。高橋と取り残され、気まずくてどうしようもないが、かといって疲れて寝ている男を揺さぶり起こす訳にもいかない。

「仕事とか、どうですか？」

話題を見つけられず、十年ぶりに会った同窓会の友人同士みたいに何の興味もない仕事の話を振った。

「仕事？　あまり変わりばえはしないかな」

高橋は薄く笑って、また髪を掻く。自分と同じように高橋も二人きりという状況が居たたまれないのではないか、そんな気がしてきて、柿本は慌てて周囲を見渡した。

「……あっ、鴻山充治《こうやまみつはる》の新刊がある」

本棚の中に、自分の好きな著者の最新作を見つけた。

「柿本君、知っているの？」

「俺、けっこう好きですよ。その本も読んだし」

本の話をしながら、柿本は飲んだ。里見の話をするのは何となく気まずいので、本の話をするか飲むしかなかった。高橋の、本のことを分析して順序立てて感想を述べていく喋り方は、いかにも教師というイントネーションがあった。

フッと気づけば、柿本はリビングの絨毯《じゅうたん》の上に転がっていた。里見に掛けられていた膝掛けが、今は自分の上半身を覆っている。

鍋の片づけをしているのか、離れた場所でカチャカチャと食器の触れあう音がした。炬燵の上は、ビールとつまみを残して片づけられている。

対面式のキッチンの流しで、二人が並んで立っていた。来て、食べて、寝転がっているだけなんて最悪だ。せめて片付けだけでも手伝おうと起き上がりかけた時、高橋の声が聞こえた。

「柿本君も随分疲れてたみたいだね」

里見が「飲みすぎだろ」とぞんざいに答える。

「自分だって酔い潰《つぶ》れた癖に」

「あっ、あれは休憩」

高橋が肩を震わせながらクスクスと笑う。

「柿本君、泊まっていくなら布団を準備しとこうかな」

「三人一緒でいいだろ」

「……柿本君は嫌がると思うよ」

「どうして、いーじゃん」

二人が軽く肩同士をぶつからせながら、言葉を交わす。どちらからともなく小さな笑い声があがり、里見が自分よりも幾分背の低い高橋を背後から抱き締めた。

「そんなことしたら、洗えないって……もうちょっとで終わるのに」

二人が醸し出す甘い空気が、正直居たたまれない。そして起き出すタイミングもつかめない。とうとう里見はキッチンの床に高橋を座り込ませたようだった。だけどこちらからは何も見えない。二人が本格的に何かはじめたらどうしようもない。柿本は「んーっ」とわざと大きな声をあげて目を醒《さ》ます振りをした。ガタガタとキッチンの奥で物音がして、里見がひょいとカウンターキッチンから顔を出した。

「おっ、目が覚めた？」

「あぁ」

「お前、泊まってく？」

冗談じゃない。……柿本は改めて腕時計を見た。まだ電車はある。

「いや、帰る」

炬燵から抜け出して膝掛けをたたみ、上着と鞄を手に取った。

「泊まってってもいいのにさ」

里見がキッチンから出てくる。その後に少し顔を赤くした高橋も続いてきた。

「明日、予定があるんだよ……片づけも手伝えなくて申し訳ないです」

最後は高橋に向けてだったが、里見が「全くだ」と腕組みし「仕方ないから、手みやげのビールで勘弁しといてやるよ」と偉そうに胸を張っていた。

二人に見送られて柿本はマンションを後にした。最終電車でもないのに、足が自然と早くなる。走っていたかもしれない。電車に乗り込んだ時は、酔いの名残まで全力疾走したようで気分が悪くなり、ドアの近くのポールにつかまったままうつむいた。

十五分ほど電車で揺られ、一度乗り換えてもう十分。駅を降りて時計を見ると、十二時になろうとしていた。志田の歓迎会も終わっているか、二次会……いや三次会というところだろうか。

そういえば志田が海外赴任から戻ってきて一週間になるが、殆ど言葉を交わしてなかった。最初の挨拶《あいさつ》ぐらいだ。向こうは向こうで、挨拶回りで忙しい。関わっているプロジェクトが違うし、部署内のブースも離れているから、これからも関わることは少ないかもしれない。

こういうジリジリしたのは性に合わない。はっきりした方がいいのかと思いつつ、どこにどう決着をつければいいのかわからない。今日だってわざと避けずに、歓迎会に行けばよかったのかもしれない。今頃になってそう思っても遅い。

二十四時間営業のラーメン屋の角を曲がると、自分のマンションが見えてくる。向かいから誰か歩いてきているのは気づいていたが、暗かったし気にしていなかった。すれ違ったその後で腕をつかまれるまで。

「えっ」

歩く勢いを止められたことで、体が大きく揺れた。慌てて振り返る。外灯の逆光になって、相手の顔はよく見えない。

「……柿本さん？」

聞こえてきた声にギョッとした。

「やっぱり柿本さんだ。そうじゃないかと思ってたんだ」

同じ会社の後輩、志田訓章《くにあき》だ。柿本は一歩後ずさった。それでつかまれた手が離れるかと思ったが、志田が一歩前に踏み出してきたので、つかまれた腕はそのままになる。ちょうど外灯の下にきて、顔がよく見えた。小さな輪郭、整った目鼻立ち、男らしいけれど体育会系の暑苦しさはなく小奇麗だ。

志田は今朝見た時と同じ、濃紺のスーツを着て、明るい緑色のネクタイをしていた。

「偶然だな……手、離してもらえるか」

柿本がそう口にして、ようやく指は離れた。どうして家の近くに志田がいるのか、そこを考える前に言わなくてはいけなかった言葉があったことを思い出す。

「今日はお前の歓迎会だったんだよな。行けなくて悪かったよ」

「そんな、気にしないで下さい。先約があったみたいだって幹事の子に聞きました」

志田は笑っている。目の表情は変わらないので、本心から笑っているのかどうかわからなくて気味が悪い。

「じゃあな」

行こうとすると「話をしませんか」と背中に声がかかった。

「もうすぐ終電が出るぞ。早く帰れ」

「僕が住んでるの、そこなんですよ」

志田が指さしたのは、柿本の住むマンションの隣の隣にある新築マンションだった。

「あそこ、会社からも近くて割と安かったんです。柿本さんもずっと同じ所に住んでるんですね。ご近所さんってことで、よろしくお願いします」

背筋がゾワゾワしてくる。自分を追いかけて、近くのマンションに決めたんじゃないかと思ってしまった。

「何なら今からうちに来ませんか」

誘われて、柿本は時計を見た。

「今晩はもう遅いから。次な」

志田は目を細めた。

「次っていつですか。明日、それとも明後日？　僕はいつでも、休みの日でも柿本さんの都合に合わせますよ」

やっぱり駄目だ、と柿本が言いかけた時、志田が口を開いた。

「本当言うとね、今日柿本さんが来てくれなくてショックだったんです。あの幹事の子、僕の歓迎会だって言った途端に柿本さんは用があるって断ったって言ったんですよ」

湊、あいつはまた余計なことを……と胸の中で舌打ちする。

「本当に用があったんだよ」

嘘《うそ》をついて行かなかったんだと言えば、志田を傷つけそうな気がした。いつももう少しきっちり割り切れるのに、変に小細工するのは自分に後ろめたいことがあるからだ。

「うちで一杯だけ飲んでいきませんか。お祝いの一杯だけ。僕、柿本さんとまた仕事ができるのをすごく楽しみにしてたんです」

外灯の下、志田は感情の見えない顔で笑っていた。

志田が酔っ払っているらしいと気づいたのは、部屋に上がろうとした時だった。玄関先にあった小さなダンボール箱を、邪魔だとばかりに蹴飛《けと》ばす。それを目《ま》の当たりにして、酔っ払っていても顔色が変わらない男だったなと思い出した。

部屋は2LDKで越したばかりなのか、ダンボールが雑然と積まれ片づけられていなかった。

「一人には贅沢《ぜいたく》な広さだな」

返事は期待してない、独り言のつもりだったのに「狭いところが苦手なんですよ」と返ってきた。リビングのソファを勧められて腰掛ける。柔らかい革で砂色、ベッドにもなる大きなソファだった。

志田は部屋の奥に消えると、ビール缶を手に戻ってきた。正直、もう酒はうんざりながらも「お祝い」の名目の為《ため》に一口飲んだ。そして来たばかりなのに、いつ帰ろうかと考えた。十五分……短すぎる、三十分が目安だろうか。赴任していた中国の話でも適当に振って、区切りのいいところで切り上げて……。

二口目のビールを飲んだ時に、ふとそのことに気づいた。

「……よく考えたら、俺が祝ってやんなきゃなんないのに、お前にもてなされてるな」

すると志田は柿本の目の前に立ったまま、ビールを一息に飲み干した。

「別にどうでもいいですよ。お祝いは部屋に柿本さんを連れ込む口実だし」

たとえそうだとしても、表向きの言葉にそつなく合わせてやったこちらの気持ちを汲んで欲しかった。そっちがその気なら、変に気をつかってやることもない。もう帰ろうと柿本がソファから立ち上がると、両肩をつかんで押し戻された。

「柿本さんは相変わらずですね。二年前と少しも変わってない。とても正直で……」

中腰の志田が見下ろしてくる。

「……僕はね、気まぐれで、お試しの男で終わりたくないんです」

志田の体が近づいてくる。押し返す力よりも近づいてくる力の方が強くて、強引にキスされた。酒の匂いのする、あからさまに酔っ払いのキスだった。

「おい、やめっ……」

酔っ払った男に柔らかいソファに押し倒されながら、柿本は二年前の気の迷いを後悔していた。


二年前の一時期、柿本は毎日のように里見の相談を受けていた。それは付き合っている高橋の籍に入るか否《いな》かという、深刻な話だった。

里見は高橋にとって責任が取れる立場になりたいと言っていた。柿本は一緒にいても子供ができるわけでもないし、もし仮に別れることにでもなれば、法的な関係になっていないほうが楽なんじゃないかとはっきり言ってやった。

里見は「でもさ……」と繰り返して、決して止めるとは言わなかった。気持ちはとうに決まっていて、味方からの、戸籍に入る後押しが欲しいだけなんだろうというのはわかっていたけれど、心にもないことは言えなかった。

二人が付き合い始めた時は、男同士で十も歳が離れているから、長くは続かないと思っていた。それが気づけば、大学時代に付き合っていた彼女とは一年、就職してからできた彼女とは七か月で別れた自分よりも、二人はずっと長く続いていた。

そんな里見の相談を受けている最中、もとからそういうことに関する勘がよかったせいもあって職場の後輩で二歳下の志田が自分に好意を抱《いだ》いているらしいと気づいてしまった。自分に懐いているのは分かっていたが、視線が……自分を見る目が普通と違う。

誉《ほ》めれば尾を振りちぎる犬のように喜び、叱《しか》ればこの世の終わりのような顔をする。他の後輩よりも少し気に掛けてやれば、とろけそうな目で自分を見上げてきた。好意の片鱗《へんりん》はあちらこちらに見えていても、志田は自分に好きだと言ってくることはなかったし、気持ちを気づかれないように必死で隠しているような雰囲気があった。

自分に好意を寄せる男を横目に柿本は考えていた。同性である自分のどこがいいんだろう、同じ物がついてる人間とセックスして、何が楽しいんだろうと。根本からしてゲイの気持ちは理解できない。里見はいい友達だし、志田も気が利いてよく働くいい後輩だ。ただその欲望の向かうベクトルの正体だけがわからなかった。

そうしているうちに里見は恋人の高橋の籍に入り、志田は海外赴任が決まった。中国語がネイティブ並に話せるということで、中国支部に二年間行くことになったのだ。部署でやったささやかな送別会の後、志田と柿本は同じタクシーに乗った。

「お前、家は駒井坂《こまいざか》じゃなかったっけ？」

柿本が聞くと「今日は実家に帰るから、こっちの方角で大丈夫です」と言っていた。以前、自宅は淵芝《ふちしば》だと聞いたことを覚えていたが、問いつめたりしなかった。自分と一緒にいたくて嘘をついているなら、最後ぐらい気づかない振りをしてやってもいいかと思った。たかだか数分、同じタクシーに乗ってやることぐらい、別に大したことでもなかった。

柿本はマンションの近くにあるラーメン屋の角でタクシーを降りた。そこからだとマンションまでは歩いて三分もかからない。志田はそのまま乗っていくかと思っていたのに、同じ場所で降りた。

「お前はどっち？」

聞くと、柿本と同じマンションの方角を指さす。まぁ、それでもいいかと思いながら並んで歩いた。志田は明後日、中国に発《た》つ。引っ越し諸々《もろもろ》の準備があり、今日、明日と休みをもらっていると話していた。しばらく顔を合わせることがない。その逃げ道と酔いが、柿本にいらぬ一言を言わせた。

「お前って、俺のことが好きなの？」

何の前置きもなく聞いた。志田ができのわるい仕掛け人形みたいにぎくしゃくと立ち止まり、似合わない送別の花が歩道の真ん中に落ちた。

「な……に言ってるんですか」

言葉で否定しても、態度は決定的だった。

「誤魔化さなくてもいい。……何かそんな気がしてたからさ」

柿本は落ちた花束を拾ってやり、志田の胸に押しつけた。志田はうつむいたまま花束を受け取った。その手が胸の花をぎゅっと抱きしめ、花を包むセロファンがパリパリと乾いた音をたてた。

「……僕、そんなに露骨でしたか」

掠れて小さな声だった。

「露骨っていや、露骨だったかな。けどま、俺以外の奴は気づいてないと思うから安心しろ」

志田が勢いよく頭をあげる。その顔は真剣だった。

「もしかして柿本さんもそっちの人なんですか」

「そっちって、ゲイってことか？」

向かいに立つ後輩の頬《ほお》が強張《こわば》ったようにヒクつく。どうしたんだろうと思っていると、柿本の脇を中年の男が通り過ぎていった。こちらをじろりと睨《にら》んでいく。感じが悪い。

「俺は違うけど、どうして男なんか好きになるんだろうって思うよ」

志田はうつむき、黙り込む。

「お前のことが気持ち悪いとか、そういう訳じゃないんだ。純粋にどうしてなんだろうって思うんだよ。俺の友達でもゲイになった奴がいるんだけど、傍《そば》で見てて……」

あのっ、と志田が言葉を遮った。

「……人の来ない場所で話をしてもいいですか」

道端でゲイ、ゲイと連呼する自分が無神経だと気づかなかった。どこか自分とは関係のない話だという意識からかもしれない。柿本は志田を自分の部屋に誘った。

人の部屋で、志田は借りてきた猫みたいにおとなしくラグの上に正座した。ざっくばらんな話がしたかったから、緊張をほぐそうと柿本はビールを勧めた。志田は居たたまれないのか緊張しているのか、喉《のど》が渇いていたのか、ビールを水のように一本飲み干したので、柿本は慌てて二本目を取りにキッチンへ行った。

「俺がする話、誰にも言わないで欲しいんだ。……っても、お前はもうすぐ海外にいくわけだから大丈夫だとは思うけど。俺の友達が、親友なんだけどゲイになったんだよ」

柿本はテーブルを挟んで志田の向かいに座った。後輩は真面目な顔で話を聞いている。

「そいつのことは昔から知ってたけど、ずっと普通だったと思うんだよ。好きな女の子がいたのも知ってるしさ。それなのに高二になって、いきなり年上の男に嵌《はま》ったんだ」

「男と付き合い始めたってことですか？」

「そう、しかも同じ高校の教師。変だろ」

志田からの相槌《あいづち》はなかった。

「十も歳が離れてて、男なのにさ。俺の友達は特に男が好きなわけでもなかったから、どう考えても納得できないんだよ。けど若気の至りとか、気の迷いとかそういうこともあるし、いつか別れるだろうって思ってたんだ。けど今までずっと付き合ってて……それが今年に入ってから養子縁組するとか言い出してさ」

言葉を切った。話をしているだけで居たたまれなくなってくる。

「俺としては、そこまでしなくてもって思うんだよ。そこまでしたら、後が面倒になるだけだろう。そう、俺の中であいつらはどう見たって不自然なんだ。一緒にいて違和感がある。ずっとそうだ。けど……よく考えたら、俺が彼女と付き合うよりも長く、あいつら付き合ってたりするんだよな」

「柿本さんは……」

沈黙の後輩が口を開いた。

「僕から何を聞きたいんですか」

柿本は考えた。自分に好意を持つ志田を部屋まで連れてきたのはどうしてだろう。

「不自然で変なのに、どうしてあんなに長く続くんだろうなって、そこかな」

考え込むように志田は親指で唇を押さえた。

「続く、続かないは個人の問題だと思います。ゲイで相手をとっかえひっかえの人も多いですから。誰かと深い関係になっても、普通の男女みたいに子供ができたりとか、結婚したりとか、そういう繋《つな》がりを持てないから、続けていきたい相手に対しては、特に丁寧で慎重になるというのはあるんじゃないかと思います」

じゃあ自分が続かないのは、ぞんざいで軽はずみなせいだろうか。学生の時の彼女は向こうから告白してきた。就職してからの彼女は、コンパで知り合った。それまでも告白される機会がなかったわけではないので、自分なりに選んで付き合った相手だ。それでも続かなかったのは、やはり自分の問題なのかもしれない。そういえば七か月の彼女からは、別れ際に言葉がきつい、優しくないと言われた。

ゲイの後輩を部屋に連れ込んで話を聞いたところで、自分が望む返答は得られないような気がした。そもそも自分はどういう答えが欲しかったんだろう。男同士はおかしいと、親友はゲイの男に拐《かどわ》かされて不運だったと共感してもらいたかったんだろうか。

「もういいや。お前、帰っていいよ。変なこと話して悪かったな」

玄関まで見送ろうと柿本は立ち上がったが、志田は動かなかった。

「柿本さんは、僕のことをどう思ってるんですか」

後輩は怒ったような目で見上げてくる。

「どう思うって……中国語が得意で、最近の新人じゃ有望株ってとこかな。あとよく気が付くとか」

「そうじゃなくて、僕が好きだってことに気づいて、それでどう思ったんですか」

「別に。俺のこと好きなのか、どこがいいんだろうってそれだけだよ」

志田が唇を噛《か》むのがわかった。

「もし僕が女の子だったら、柿本さんは『自分のことを好きだろう』って聞きましたか」

鋭く、微妙な問いかけだった。

「……言わなかっただろうな」

「どうして言わないと思うんですか」

柿本は「悪かったよ」と謝った。

「お前は男だからさ、そういうことを話しても大丈夫な気がしたんだよ」

志田がドンッと床を拳で叩《たた》いた。

「男だからとか、女だからとか関係ないと思います。きっと柿本さんは、僕がゲイだから、自分とは関係ないと思ってるから、無神経になれるんだと思います」

確かにそうなのかもしれない。志田の目が怒っている。

「言ってもいいですか」

何を、と聞く前に後輩は喋《しゃべ》りだしていた。

「僕は柿本さんが好きです。僕はきっと生まれた時からゲイで、初恋も男で、入社した時から柿本さんのことが気になってました。けど付き合っている彼女がいたことも聞いてるし、ノーマルだから望みはないと思って、諦《あきら》めようとしてました。けど諦めきれなかった」

生々しい感情が胸に迫ってくる。言わせた気まずさに、柿本は後ろ頭を掻いた。

「俺のどこがいいんだよ」

「全部。……好きすぎて、もう何が何だかわかりません」

その答えがツボに嵌って、柿本は笑った。志田が悲しそうな顔をしていても、笑いは止まらなかった。

「お前もさ、やっぱり俺とキスとかセックスしたいと思ったりするのか？」

志田は再び口を噤《つぐ》む。柿本は自分で自分の頭を叩いた。

「今日は駄目だな。お前の言うように無神経にも程がある。本当に悪い。色々言ってる癖に、何を言いたいか段々わかんなくなってきた。そう、お前の感情をどうこうっていうんじゃなくて、俺は自分のことが……わかんないんだろうな。ゲイの奴らは長続きするのに、自分がすぐ終わるのはどうしてかとかさ」

羨《うらや》ましいとも違う気がしたが、他に言いようがない。

「……誰かと、長続きしたいんですか？」

「さぁ、どうかな。一年以上続いたことないし」

「きっとこれまで付き合ってきた人は、柿本さんのことを本気で好きじゃなかったんだと思います」

新説の登場に、柿本は瞬《まばた》きした。

「お前、かなり大胆なこと言うね。期間は短いけどさ、俺は本気で付き合ってたよ」

僕だったら……と志田が身を乗り出してきた。

「もし付き合ってもらえたら一年でも、二年でも、三年でも続けてみせます」

「付き合うって、お前中国に赴任するだろ」

「遠距離でも何でも頑張ります」

熱っぽい瞳《ひとみ》を見ながら、ふと自分に足りないのは情熱だったのかもしれないと思った。好きは好きでも、夢中になる感覚。彼女と付き合っていても、いつも自分を優先した。それだけの余裕があったし、余暇でしか相手と関わらなかった。

背筋がザワザワした。一年でも、二年でも、三年でも続けてみせると言った人間とのセックスはどういう感じなんだろう。そんなに凄《すご》いんだろうか。

好奇心と、興味本位。大事なのは気持ちだとわかっているのに、酒で判断力の鈍った頭は先のことを考えなかった。好きすぎてもうわからないという相手の感覚、その末端に触れてみたかった。

言葉もなく見つめ合う。志田は立ち上り、近づいてきた。抱き締められても、口づけされても、震える手でベッドに連れて行かれても、男の反応をじっと観察していた。

結局、その場のノリで志田と寝た。キスしたり触り合ったりは、男女のセックスの延長で何とも思わず、快感だけがあった。ただ……自分の知らない部分を探られた時に、初めて焦《あせ》りを覚えた。嫌だと言ったような気もするが、酔っ払っていたし、最後まで抗《あらが》いきれずに迎え入れた。……かなり大変だった。

翌朝、酔いが抜けた柿本は後悔した。隣に寝ている男を見て「しまった」という思いしか湧《わ》き上がってこなかったので、後悔だったと思う。志田が目をさます前にシャワーを浴びて服を着た。柿本がバスルームから出てくると、志田はベッドの上に腰掛けていた。下着はつけていたので、目のやり場に困らなくて助かった。

「……おはようございます」

はにかむように、嬉《うれ》しそうに自分を見上げる志田の目を、まともに見ていられなかった。

「悪い」

柿本は謝っていた。

「謝るのは僕の方です。嬉しくて、夢中になって、すごく無茶しちゃったような気が……」

「……やっぱり俺、男は駄目だ」

夢見心地の表情が崩《くず》れるのは一瞬だった。

「駄目って……でも、大丈夫そうでしたよ？」

志田の声は震えていた。

「体と心は別だからな」

後輩の顔をまともに見られなかった。

「試すみたいなことして悪かったよ……いや、みたいじゃない、俺は試したんだ。お前は真面目に言ってるって分かってたのに。本当に悪い」

何も言わない相手に、柿本は居たたまれなくなってきた。罵《ののし》られた方がまだましだ。

「今から出かける。適当に帰ってくれ。鍵《かぎ》は郵便受けにいれといてくれたらいいから」

部屋に志田を残して、柿本は家を出た。かといって特にどこへと目的があるわけでもない。近所の珈琲店に行ったが、腰が痛くて何度も座り直した。男と寝るのはどこか、非日常な匂いがしていたが、実際自分の身に降りかかっても、普段のセックスと大差はなかった。一時間ほどそこで過ごしてマンションに戻ると、志田はいなかった。送別会の花が残されていたが、忘れ物だと届けるような物でもなかった。

それから二年、志田には会わなかった。連絡もなかったし、こちらから連絡することもなかった。

目がさめて最初に感じたのは、日差しと風だった。肌の上をなぞる、風を感じる。体を動かそうとして、やたらと窮屈《きゅうくつ》なことに気づいた。他人の腕や足が絡まって、身動きできない。

首だけ動かして周囲を見渡す。見覚えのない部屋と、隅に積まれたダンボール箱。なぜか部屋の窓は全開で、内側にある薄いカーテンがはためいていた。……空が見える。

最初はソファでして、次にベッドに引きずり込まれたような気がするが、途中から覚えてない。気を失ったのか、それとも寝たのか。

絡まれた腕から逃れようと動いているうちに、どうやら相手を起こしてしまったようだった。ただ絡むだけだった腕に力が込もる。覆い被《かぶ》さってきて、耳たぶを囓られて柿本は反射的に背筋を竦めた。

「変な人」

耳許で囁《ささや》かれた。

「僕のこと避けてるのに、手を出してもあまり抵抗しないし。しかも最中に寝はじめたから驚いた。……色々と細かい人かと思ってたけど、セックスはどうでもいいタイプですか？」

「酒が入ってたからだろ……どけ」

そう言っても、背中の体は離れない。情事の余韻を楽しむように、首筋に、背中に、口づけては甘噛みしてくる。そのたび、シーツの上で柿本の体は泳いだ。前髪が揺れて、風が吹く。

「……窓を閉めろ」

「ここ、高いから外からは見えない。多分」

「それでも落ち着かない。……俺に露出趣味はない」

「嫌だ。僕は見えてもいい」

おいっ、と柿本が怒っても、言うことをきかない。

「……最初の時は緊張して何だか訳がわからなかったけど、今度は色々確かめられた。柿本さんは、やっぱりこっちの素質があるような気がする」

志田の手が前に回ってきて、おとなしくしている中心を軽く揉《も》み上げてきた。「んっ」と自分でも気持ち悪いぐらい甘い声が鼻から抜ける。

「駄目な人はもう生理的にこういうの、駄目だから」

「俺だって嫌だ」

嫌だというのに揉まれて、中心は固くなる。酔いの抜けた頭に、志田の指の愛撫《あいぶ》は敏感に響いた。擦《こす》られ、撫でられてもうすぐいきそうというその瞬間、根本を押さえつけられた。

「おいっ！」と抗議すると、耳を噛まれた。本気で痛い。

「僕が中国に行っている間に、何人ぐらいの男と寝たんですか？」

「お前、何言ってるんだよ」

張りつめた先端を弾かれて、全身が震えた。

「この感じやすい体で、何人たらし込んだ？」

殴ってやりたいのに、俯せにされているから抵抗できない。

「どうして俺が男と寝ないといけないんだよっ」

「じゃ、女の人の数でもいい」

「……寝てねぇって。誰とも寝てない」

本当なのに「嘘つかないで」と責められる。失禁しそうになるほど焦《じ》らされてから、ようやく指が離れた。それと同時に後ろに突っ込まれたが、そっちを意識するような余裕もなかった。

「あっ、あっ、あっ……」

「僕と寝てから誰とも寝てないって、嘘でも嬉しい」

腰を揺さぶられるから、欲望がシーツに撒《ま》き散らされる。外から見えそうで気になって仕方ないのに、感じることを止められなかった。

穿《うが》たれた楔《くさび》が抜ける。俯せだった体が仰向《あおむ》けにされ、腕を引かれた。太股の上を跨《また》がされたまま抱き合う。ゴムを使われなかったので、中に放たれたものが漏れ出す。気持ち悪くて腰を揺さぶると「そのまま出していいから」と言われてキスされた。

漏れ出す嫌悪感と、生々しいキスが混ざり合う奇妙な感覚。背中が熱い。日差しのせいだ。

「ずっと気持ち悪いと思ってた」

背中を撫でる志田の手がぴたりと止まった。

「見てて気持ち悪かった。あいつらが何をしてるって、想像もしたくなかった。けど友達だから……そんなこと言えなかったし、言っちゃいけないのもわかってた」

「誰の話をしてるんですか？」

「……お前に関係ない」

「長続きしてて、入籍目前のゲイカップルのことですか」

驚いた。

「お前、どうして知ってる？」

「自分で言ってたじゃないですか。……二年前だけど」

座って抱き合っていた体が、じわりと仰向けにさせられた。重たい体がまた重なってくる。

頭を抱きかかえられ、耳の中に舌を差し込まれる。

「その友達、まだ男と付き合ってるんですか？」

「……入籍して、マンションも買った」

志田は大きく瞬きして「凄い」と呟《つぶや》いた。そして指先で柿本の頬を撫でた。

「僕もそこまで、柿本さんと深く付き合ってみたい」

「俺は嫌だ」

頬を押さえてキスされた。舌先が怒ってるように柿本の口腔《こうこう》を乱暴にまさぐってくる。息苦しくて泣いているように鼻を鳴らすと、ようやくおとなしくなった。

「長く誰かと付き合いたい。友達は理想だけど、相手が男だから嫌なんですよね。その癖、自分は男に抱かれるのは割と平気で……すごく感じやすいし、相手を選ばない人かと思ったら割と身持ちが固そうだし……」

頼んでもいないのに、志田はつらつらと柿本を語った。

「それって同族嫌悪ってやつなのかな」

「……お前に言われたくない」

「僕は柿本さんが好きですよ」

真摯《しんし》な目に見つめられ、頬を優しく撫でられた。

「あんな酷い扱いをされても、お試しだって言われても、二年間離れてても。向こうで吹っ切れたと思ってたのに、帰ってきてその顔を見たら我慢できなくなった。結婚してないか、誰か付き合っている人がいないか探りを入れて、近くに越して……」

喋りながらまたキスされる。両足を割られ、固い腰が割り込んでくる。もう勘弁しろと思って少し拒んだがそれは何の効果もなく、あっさりと貫かれた。

好きとも言ってない、そんな状態で抱き合う。けじめをつけないまま、肉体関係を持つ。

いつもの自分だったら、もう少し割り切れた。断れたし、こんなことさせてない。曖昧《あいまい》になるのは自分で自分がわからないからだ。

前後に揺さぶられて、浅く喘《あえ》ぐ。自分が知らない自分がベッドにいる。嫌だと言ったのに閉めてくれない窓から、春の風が吹いた。嵐みたいに強い風が。窓から不意に白いちいさなものが飛び込んできて、蝶のようにひらりと裏返ったかと思うと、頰の傍に落ちた。さくらの花びらだ。

小刻みな快感の狭間、正直な欲望が頭をもたげた。志田の指が、嬉しそうにそれを摘み上げる。柿本は好きかどうかもわからない男をくわえ込み、感じて喘ぐだらしない自分を、まるで娼婦のようだと思った。

あとがき

このたびは「眠る兎」新装版を手に取っていただき、ありがとうございます。この本は、以前ノベルズで出していただいた本の文庫化になります。これが雑誌のデビュー作だった気もします。参考掲載作などもあり、自分でもどれがデビュー作になるのかよく覚えていません。でも多分、これだと思います。

デビュー作かもしれないという作品なので、昔に書かれた物になります。このお話には携帯電話がでてきませんが、書いた時代はほとんど普及していませんでした。

表題作の「眠る兎」は、特にノスタルジックな雰囲気が強いです。文庫化の際も敢えてこの時代の物ということで、現代に合わせての改稿はしませんでした。知っている方は懐かしく、知らない方はそうだったのかーと思って読んでいただけたらと思います。

眠る兎の続編である「冬日」は、私の中で未だに印象深い作品になっています。当時、ものすごく色々と頭の中で考えて、出す言葉と出さない言葉を吟味して書いたのですが、書き上がってみたら自分がどこを一番書きたかったのか忘れてしまったという、自分的衝撃の結末を迎えた作品でした。そして未だに思い出せません……。

書き下ろしの「春の嵐」は、友人の柿本から見た二人の話と、そして柿本自身の恋愛の話になっています。自分の中で、柿本は割と珍しいタイプの人になりました。でも柿本の恋愛は絶対にこっちの方向だと、何かに指をさされました。

　挿絵を担当してくださった車折先生には、かっこいい先生がラフできたのに、あえてかっこ悪く……いえ、野暮ったくしていただきました。すみません。でも一枚一枚の挿絵に雰気と勢いがあって、ラフを拝見させていただくのがとても楽しみでした。ありがとうございました。

　担当様には進行が遅くて、大変ご迷惑をかけて申し訳ありませんでした。「私は魔法が使えるんです」という言葉が大変心強かったです。最初は「そんな、ギリギリにはなりませんよ」と言っていたのに、最後になると本当に魔法をお願いしてしまいそうな……（もしかして使われたのでしょうか……）ことになってすみませんでした。

　それではまた。何か思うことあれば、感想でもきかせてやってください。また別の本でお会いできたらいいなと思いつつ。

3月某日　木原音瀬

✦初出　眠る兎……………小説b-Boy'95年12月号
冬日………………BBN「眠る兎」（2002年9月）
春の嵐……………書き下ろし
※「眠る兎」「冬日」は単行本収録にあたり加筆修正しました。

木原音瀬先生、車折まゆ先生へのお便り、本作品に関するご意見、ご感想などは
〒151-0051 東京都渋谷区千駄ヶ谷4-9-7
幻冬舎コミックス　ルチル文庫「眠る兎」係まで。

幻冬舎ルチル文庫
眠る兎

2009年4月20日　第1刷発行
2012年8月20日　第2刷発行

✦著者　木原音瀬　このはら なりせ

✦発行人　伊藤嘉彦

✦発行元　株式会社 幻冬舎コミックス
〒151-0051 東京都渋谷区千駄ヶ谷4-9-7
電話 03(5411)6432［編集］

✦発売元　株式会社 幻冬舎
〒151-0051 東京都渋谷区千駄ヶ谷4-9-7
電話 03(5411)6222［営業］
振替 00120-8-767643

✦印刷・製本所　中央精版印刷株式会社

✦検印廃止

ISBN978-4-344-81636-7　C0193　Printed in Japan